«Steinunn Sigurðardóttir schreibt treffsicher, ironisch, mal salopp, oft angenehm lakonisch, und plötzlich wird sie poetisch – dann spricht die Lyrikerin.»
Neue Zürcher Zeitung

«Eine literarische Köstlichkeit.»
Radio Berlin-Brandenburg

«Steinunn Sigurðardóttir erweist sich mit ihrem neuen Roman einmal mehr als Melancholikerin von Rang. Komisch, phantasievoll und poetisch.»
Berliner Morgenpost

Steinunn Sigurðardóttir, geboren 1950, gehört zu den bedeutendsten isländischen Autoren. Ihr Werk, namentlich ihre Lyrik, markiert wichtige Etappen der isländischen Literatur der achtziger und neunziger Jahre. International bekannt wurde sie vor allem durch ihre Romane «Der Zeitdieb» (rororo 23261), «Herzort» (rororo 23263) und «Die Liebe der Fische» (rororo 23494).

Steinunn Sigurðardóttir

Sonnenscheinpferd

Roman

Aus dem Isländischen von
Coletta Bürling

Rowohlt Taschenbuch Verlag

Die Originalausgabe erschien 2005
unter dem Titel «Sólskinshestur»
bei Mál og Menning, Reykjavík.

Redaktion Mirjam Madlung

2. Auflage Juli 2010

Veröffentlicht im Rowohlt Taschenbuch Verlag,
Reinbek bei Hamburg, Februar 2010

Umschlaggestaltung any.way, Cathrin Günther
(Foto: plainpicture / Johner)
Satz Berthold Bembo PostScript (PageOne)
bei Dörlemann Satz, Lemförde
Druck und Bindung Druckerei C. H. Beck, Nördlingen
Printed in Germany
ISBN 978 3 499 25314 0

Dieses Buch ist
Þorsteinn Hauksson gewidmet,
mit Dank für die Hilfe.

Es endete damit, dass das Reykjavíker Mandolinenorchester aufgelöst wurde, als ich zur Welt kam. In dem Alter mit einem Säugling konnte Ragnhild natürlich nicht mehr ad libitum spielen. Sie war aber Herz und Seele des Orchesters – und so kam es, wie es kommen musste, obwohl Magda da war und Ragnhild mich nie an der Brust hatte.

Die Orchestermitglieder konnten das Musizieren aber nicht lassen und trafen sich weiterhin im Grünen Salon. Gewiss war es etwas angenehmer, wenn die Klänge eines Liedes wie *Schön war die Zeit* zu einem herunterdrangen als die Stimmen toter Kinder oder Klänge aus dem Jenseits. Die Séancen wurden eingestellt, und die Kinder verstummten auf Anhieb, als Ragnhild aufhörte zu arbeiten, aber ein aufgelöstes Orchester klimpert immer noch über mir.

Drei holperige Mandolinen mit metallischem Klang irgendwo in einer Ecke, sehr unähnlich dem sanften Rauschen der Saitenfülle, das sich durch den ganzen Grünen Salon zog, als ich klein war. Und die überlebenden Mitglieder werden vergesslich und singen mit. Die Stimmen sind schrill oder rasselnd, bis auf Ragnhilds silbrig klares Trällern.

Schön war die Zeit
hei lei lei lei lei ho …

Im gleichen Augenblick, als ich deinen Schatten den Spitalstieg entlangschlingern sah, ging mir auf, dass ich das Mandolinenorchester dir gegenüber nicht einmal erwähnt hatte. Als sei das irgendwie zu riskant gewesen. Nein, Ragnhilds Orchester landete natürlich am gleichen Ort wie alles um mich herum, in nichts als Schweigen.

Ich bremste lieber im letzten Moment, als den Rand dieses Schattens zu überfahren, und katapultierte den Mazda auf den Bürgersteig. Du drehtest dich zum Glück nicht um, und der Schatten schaukelte weiter, halbwegs in deiner Umarmung.

Ich lehnte mich verwirrt gegen das Steuer und blickte dir nach. Die Rückansicht war unverändert, schlaksig attraktiv, und dieser schlingernde Gang. Aber das helle Haar war grau geworden. Wer hätte das gedacht.

Der Schatten ging vor dir her und geleitete dich über die Bergstaðastræti, direkt zu der Ecke, an der wir uns gewöhnlich nach den Spaziergängen zum Abschied zwei Küsschen gegeben hatten. Ich wartete, bis du die Óðinsgata überquert hattest und die Þórsgata hinaufgingst. Ich ließ den Mazda auf dem Bürgersteig zurück und ging auf deinen Spuren das Stück bis nach Hause in die Sjafnargata.

Du warst also gekommen, um mich endlich zu holen und mitzunehmen – wohin?

Anstatt gleich in mein Zimmer zu gehen, wankte ich die Treppe zu Ragnhild hinauf, die im karierten Hausmantel ihres Mannes am Küchentisch saß. Ich finde zwar, es ist eine

Unsitte, die Sachen von Verstorbenen anzuziehen, aber soll sie das halten, wie sie will.

Möchtest du vielleicht einen Kaffee und einen Krapfen?

Ich zucke immer noch zusammen, wenn Ragnhild mir etwas anbietet. Natürlich kam es vor, dass sie mir etwas anbot, nachdem sie aufgehört hatte zu arbeiten, aber ich habe mich nie daran gewöhnt.

Am liebsten hätte ich gesagt: Trink du deinen Kaffee, wie du es gewohnt bist, Ragnhild. Du brauchst dir keine Mühe zu machen und mir etwas vorzusetzen, ich hole es mir schon selbst, genau wie immer.

Na was denn, was denn. Das ist eine alte Frau mit einem Osteoporose-Buckel, der Haralds Hausmantel ausbeult. Lassen wir das. Kaffee, Kaffee und nochmals Kaffee.

Ich holte mir einen halbgefrorenen Krapfen und knabberte daran, während ich im Türrahmen herumstand.

Ragnhild wedelte mit der Zeitung.

Hier steht, dass er wieder da ist. Wusstest du das?

Er war vorhin auf dem Spitalstieg.

Sie sagen, er ist endgültig heimgekommen und hat das elterliche Haus gekauft.

Ich setzte mich und ließ mir von Ragnhild die Zeitung geben. Ein großes Farbfoto von ihm neben einem orangefarbenen Betonmischer vor dem Haus in der Schulstraße. Den musste er aus Italien importiert haben, Mischtrommeln von dieser Farbe hatte ich in der Stadt noch nie gesehen. Meine ist zementgrau.

Er ist also geschieden, sagte Ragnhild. Signora Lúkasson hält es in Island nicht aus. Oder vielleicht ist sie tot.

Das hätten sie dann doch wohl erwähnt.

Du trauerst ihm noch nach, sagte Ragnhild und schoss genau wie immer rasch und zielsicher auf ihr Thema zu: Die Trauer und ich, wir sind keine Unbekannten. Aber es ist eine

Sache, klipp und klar zu sterben, und eine andere, wieder zurückzukommen.

Ich wollte sie fragen, ob das Letzte ein Zitat aus irgendeinem Gedicht war, aber sie schaltete in ihren Zischgang, o-sso, beim Einatmen, zog ein kleines Foto ihres Geliebten hervor, das sie geschmackloserweise in der Hausmanteltasche ihres verstorbenen Ehemanns aufbewahrt, und stützte sich dabei am Tisch ab.

Forschend betrachtete sie das Bild und reichte es mir dann. Ein angehender Dichter mit Augen wie gewisse Genies hat ein ungereimtes Abschiedsgedicht an Ragnhild verfasst, in dem «deine selige Hand» vorkommt und hellgrüne Lava, wahrscheinlich die beim Lungensanatorium in Vífilsstaðir.

Wenn er noch lebte, hätte er sich bestimmt mit Amphetamin vollgestopft, genau wie die anderen, und irgendwelchen Horror über dubiose Gestalten auf Entzug gedichtet. Und hätte er weitergelebt, wäre ich ein ungeborenes Kind. Nur existent in Gottes Sinn.

Ragnhild sieht mir in die Augen. Ansonsten ist sie klug genug, das so selten wie möglich zu tun. Nie sind mir Augen wie ihre untergekommen, sie sind entweder durchsichtig, als würde man durch sie hindurchblicken, oder abweisend wie eine Wand.

Ich sehe rasch weg, und Ragnhild sagt: Dass ich nicht ebenfalls sterben durfte.

Mit anderen Worten: Du spielst keine Rolle, dich hat es nie gegeben, auch Mummi nicht, und noch nicht einmal Harald. Möge er in Frieden ruhen.

Aber das hier sagt sie laut: Du hast heute so glasige Augen, Lilla.

Die Nachtschicht war anstrengend. Zwei sind gestorben.

Ich wäre am liebsten hinaus auf die Straße und schnurstracks ins Café Mokka gegangen. Ich hätte auch meinen Sportwagen holen müssen, aber mein Gott, es war genau wie damals, als Mummi und ich klein waren. Wir redeten ständig darüber, nach draußen zu gehen, und wollten vielleicht auch irgendwohin, aber wir klebten so fest in unseren Zimmern in der Sjafnargata, dass wir uns nicht dazu aufraffen konnten, aus der Tür zu gehen.

Da ich mich nicht auf die Straße traute, wollte ich ins Bett, auch wenn es zu früh war, doch ich hing wie ein Ölgötze an der Haustür herum und beschimpfte mich selbst als arme Irre. Und noch ärmere Irre, als ich versuchte, die Tür zu meinem alten Zimmer zu öffnen. Sie war so aufgequollen, dass sie trotz meines Gewichts nicht nachgab, als ich mich dagegenlehnte. Es endete damit, dass ich sie auftrat.

Modergeruch schlug mir entgegen, igitt, ich hätte kotzen mögen. Feuchte Streifen an der gleichen Stelle wie seinerzeit. (Wo hätten sie auch hinsollen?) Ebenso die blaue emaillierte Waschschüssel in der Ecke am Fenster, wo es hereintropfte.

Alles an seinem Platz: das Konfirmationsbett mit dem Engelbezug, der Küchenhocker, auf den man stieg, um Wäsche aufzuhängen und Wäsche abzunehmen. Der ausrangierte Schreibtisch, den Harald von Vífilsstaðir mitgebracht, und die geschnitzte Uhr an der Wand über dem Schreibtisch, die Harald in der Schweiz gekauft hatte.

Auch die Trachteneheleute im Inneren der Uhr sind noch an ihrem Platz. Sie hatten ursprünglich die störende Angewohnheit, vierundzwanzigmal am Tag herauszuhüpfen und sich mit gellendem Jodeln im Kreis zu drehen. Als ich einen Liebsten hatte, brachte ich endlich die Energie auf, das Ehepaar abzuklemmen. Das genügte, um sie aus dem Gesichtsfeld verschwinden zu lassen, aber sie haben nie aufgehört, zu den vollen Stunden schnurchelnd und stöhnend aus der Tiefe von sich hören zu lassen.

Jetzt, wo du endgültig mit einem Betonmischer in dein Elternhaus zurückgekehrt bist, habe ich mein Elternhaus renoviert, bis auf das alte Moderzimmer und den Dachboden, mit besonderem Fokus auf Beleuchtung. Trotzdem walzen einige Phantome durch ihr angestammtes Revier, in jeden extra ausgeleuchteten Winkel, und verlangen zu existieren.

Sie breiten sich allmählich aus, diese dumpfen Schatten, einige mit Zöpfen, bedrängen mich in jämmerlichem Tanz und tun so, als hätten sie eine Daseinsberechtigung. Ich warte nur darauf, dass sie stechend scharfe Konturen annehmen und mich erwürgen, am liebsten in einer konzertierten Aktion mit vielhundert Fingern.

Ich habe nichts mit euch am Hut, ihr verkrüppelten Schattenhexen. Mit euch tanze ich nicht. Sucht euch andere Spielräume und schneidet dort eure Fratzen. Gestattet mir, weiterzumachen. Weichet von mir. Ich kann nicht mit euch tanzen. Ich beherrsche diese Schritte nicht. Die wurden in Hermanns Tanzschule nicht unterrichtet.

Ich legte mich ins Konfirmationsbett auf den Bezug mit den zerschlissenen Engeln und weinte, als hätte ich das Weinen erfunden, in allen möglichen Varianten und Lauten, und das ich, die ich nicht einmal ein Stöhnen von mir gegeben hatte, als ich meine Töchter zur Welt brachte, und ich fand es unvorstellbar, dass du diese orangefarbene Mischtrommel aus Italien mitgebracht haben solltest.

Am ersten Morgen, an dem ich dir die Tür öffnete, um dich aus der grellen Helligkeit des Gartens hereinzulassen, lange bevor der Tag selbst anbrach, fragtest du mich, nachdem wir uns so viel geküsst hatten, dass ich in diesem Bett schlagartig müde wurde: Tropft es bei dir ins Zimmer?

Wie du siehst.

Und du setztest diese Miene auf, diese ziemlich vielsagende, aber auch in meinem Namen empörte Miene.

Als ich aufwachte, hattest du das Oberbett mit dem Engelbezug sorgfältig um uns beide gewickelt, und du sahst mich so ernst an, dass ich glaubte, du wolltest mir den Laufpass geben.

Ich mag dich nicht Lilla nennen. Darf ich Lí zu dir sagen.

Wenn ich an dich denke, jeden Tag, auch an dem Tag, als Harald starb, und an den Tagen, an denen meine Töchter geboren wurden, trage ich diesen Namen, den du mir gabst. Und du wirst ihn auch ganz bald wieder sagen bei unseren neuen Spaziergängen auf alten Pfaden, beim Musikpavillon am Stadtteich und auf dem Skólavörðuholt, du sagst mit deiner beherrschten Stimme, wenn du etwas Originelles siehst oder wenn dir etwas Originelles einfällt: *Sieh mal, Lí! Hör mal, Lí!*

Ich stolperte nicht über die Schwelle im Mokka. Ich ging direkt auf dich zu. Du trankst einen Mittelstarken mit Milch, genau wie beim letzten Mal, aber nicht am gleichen Tisch.

Grüß dich, und willkommen daheim, sagte ich, darf ich mich zu dir setzen.

Bitte sehr.

Und du lächeltest wie früher mit den Augen, und auch mit dem Mund – was aber immer viel seltener gewesen war. Jetzt gab es Fältchen um den Mund herum, die auf mehr Fröhlichkeit als in unserer alten Zeit hindeuteten. Der eine Schneidezahn oben war ein wenig schief geworden und unterstrich verschmitzt den unerwartet frohen Zug an dir in einer neuen Zeit.

Erst hole ich mir einen Kaffee.

Lass mich.

Das war etwas, was du oft sagtest: *Lass mich.*

Ich setzte mich und beobachtete dich am Tresen, schlaksig attraktiv, am Beginn der neuen Zeit, sah dir zu, wie du den Kaffee für mich bezahltest und mir mit den sicheren Händen brachtest, die ich von früher im Gedächtnis hatte und sofort als verändert wahrnahm: die langen Finger, vor allem der kleine und der Zeigefinger, waren jetzt ein wenig gekrümmt, und die Hände sonnenbraun; und all die vergangene Zeit hatte sich in diesen warmen Händen niedergelassen. Jetzt schloss ich sie ins Herz.

Im Anschluss ans Mokka gingen wir wie immer spazieren. Ich war darauf eingestellt, trug den blaugrauen langen Mantel, genau die gleiche Farbe wie der Anorak, den du mir im Scout-Geschäft ausgesucht hast. Das einzig Farbige, was ich mir je gekauft habe, abgesehen von dem türkisblauen Badeanzug.

Wir gingen in den Garten des Einar-Jónsson-Museums und setzten uns auf eine Bank inmitten der Skulpturen. Die Worte wichen von uns. Die Skulpturen hätten aber viel zu sagen gehabt, wenn sie hätten reden wollen, denn sie bewahrten die Geschichte von uns beiden auf, jedes Wort und viele Küsse in diesem Garten.

Als wir da in dieser trauten Umgebung saßen, warst du so gut, deine neue sonnenbraune Hand über meine farblose Hand zu legen. Bruchstücke aus meinem Leben preschten aus allen Richtungen heran und trachteten danach, ein Ganzes zu bilden, vielleicht eine zusätzliche Skulptur im Garten. Das verwirrte mich, und ich legte meinen Kopf an deine Schulter, wie ich es sehr oft in diesem Garten getan habe, wie ich mich ganz genau erinnere, es oft in diesem Garten getan zu haben, bevor wir durch alle Straßen mit Ausnahme der Grettisgata weitergingen, durch die ich nicht gehen wollte. Du fragtest, warum, und ich sagte einfach: Darum. Du sagtest, das ist keine Antwort, und ich antwortete nicht.

Als ich klein war, gab es in Reykjavík eine VOLLE FRAU IN EINEM SCHUPPEN und viele kleine Rotznasen, die diese Frau verspotteten. Die Frau hätte vermutlich in jedem x-beliebigen Viertel zu Hause sein können, vorausgesetzt, dass es dort einen Schuppen, eine Baracke, ein Hinterhaus oder eine genügend heruntergekommene Bretterbude gab. Eine von diesen vollen Frauen hieß angeblich Virginía und lebte in einem Schuppen in der Nähe der Seemannsschule mitten in der Stadt. Kinder aus der Oststadtschule machten sich unter Lísas Führung auf den Weg dorthin, um das in Augenschein zu nehmen. Sie fanden einige solcher Baracken, aber keine solche Frau.

Alleinstehende Frauen, nicht unbedingt voll, konnten auch in einem separaten Schuppen auf freier Flur leben, beispielsweise in der Fossvogur-Bucht, und manchmal hatten sie Hühner. Einige von diesen Frauen hielten sich nicht nur Hühner, sondern auch einen Dichter, und dann war es meist der Dichter, der voll war.

Die Kinder von der Oststadtschule hatten es besonders auf die volle Frau in einem Hinterhaus an der Grettisgata abgesehen. Sie hieß Nellí und hatte angeblich in einem Anfall Gras gefressen. Deswegen wurde sie ursprünglich Grasdrossel genannt. Das Wort stammte von Lísa. Aber das ließ sich noch steigern – wo es sich doch so glücklich traf, dass die Grasdrossel auch trank –, indem man sie Schnapsdrossel nannte.

Lísa war die Anführerin einer Bande, die sich durch Pöbeleien und Raufereien hervortat. Sie übertraf alle anderen im

Erfinden von Kraftausdrücken und Spottnamen, und bei Prügeleien war sie schlimmer als die Jungs. Sie ließ es nicht bei Kneifen und Kratzen bewenden wie die anderen Mädchen. Zudem war sie hinterhältig, was in der Oststadtschule sonst keineswegs verbreitet war. Sogar der Sportlehrer hatte Manschetten vor ihr.

Eines Morgens in der Schule skandierten alle aus der Bande im gleichen Ton wie Zeitungsverkäufer an der Straßenecke: *Schnapsdrossel nicht voll! Kein Kerl bei der Schnapsdrossel!*

Konnte das sein? Wieso war sie nicht voll? Meine Neugier ließ mich einen Ausflug unternehmen, mich, das Mädchen, das nie irgendwo hinging, höchstens ins Milchgeschäft und vielleicht in die Stadtbücherei.

Nellís Hinterhaus war nicht einmal ein richtiges Hinterhaus, sondern ähnelte eher einem Auswuchs aus einer Wand. Von denen gab es noch mehr in der Stadt. Die Anfänge solcher Auswüchse waren meist verzeihlich – sie schossen unversehens schräg aus Hauswänden hervor, von denen man es nie erwartet hätte, vielleicht zur Stütze, schienen dann eine Zeitlang so etwas wie ein Anbau werden zu wollen, kamen aber nach kurzer Zeit an einem Pfosten zum Stillstand oder an einer kleinen Mauer, bevor etwas anderes daraus geworden war als eine Ausbuchtung von der Größe dreier Plumpsklos.

Heutzutage sieht man derartige Auswüchse kaum noch, weil Johannisbeersträucher sozusagen fürsorglich an sie herangewachsen sind. Einige von ihnen sind abgerissen worden, andere hat man renoviert und zu selbständigen Behausungen mit erneuerter Holzkonstruktion aufgemotzt, oder es wurden den Auswüchsen sogar weitere hinzugefügt, die man anschließend in einer seltsamen Farbe strich, wie um ihr Existenzrecht zu manifestieren.

Nellís Hinterhaus gehört zu denen, die immer noch in unveränderter Form stehen. Weder Johannisbeersträucher noch Ampfer- oder Engelwurzbüschel verhüllen seine ominöse Existenz. Es wurde nie in irgendeiner Farbe gestrichen, weder in einer normalen noch in einer seltsamen. Da es nie jemandem eingefallen ist, diese Butze abzureißen, ist nicht auszuschließen, dass sie immer noch einem genügend tief gesunkenen Stiefkind des Lebens ein Dach über dem Kopf bietet.

Nellís Haustür war offen, und zwei Stühle standen davor. Ich war so dreist, direkt bis zur Tür zu gehen und hineinzugucken.

Nellí drehte mir den Rücken zu, sie scheuerte gerade das rissige Linoleum auf dem Fußboden. Bevor ich mich bemerkbar machen konnte, sagte sie plötzlich: Warte draußen auf mich, bis ich mit dem Boden fertig bin. Nimm Platz.

Das konnte nur bedeuten, dass sie Augen im Nacken hatte, diese volle Person, die heute nicht voll war.

Ich setzte mich und betrachtete die blütenweiße Wäsche auf der Leine. Der Bettbezug hatte einen Klöppeleinsatz, und die rosaroten Buchstaben auf dem Kopfkissen sagten: *Gute Nacht. Von spät bis früh.*

Ich vergaß alles um mich herum, während ich das betrachtete, denn ich hatte ein geradezu krankhaftes Interesse an Bettwäsche. Ich schlich nach der Schule oft in die Gärten anderer Leute und inspizierte dort die Wäsche, ob sie ordentlich war, und verglich sie mit meiner. Nellís Wäsche war allererste Wahl.

Sie setzte sich zu mir, als sie mit dem Putzen fertig war, und sagte, wir müssten noch ein bisschen hier draußen warten, damit der Fußboden trocknen könne, sonst müsse sie wieder von vorn anfangen.

Dann erklärte sie mir, wie wichtig es war, die Dinge in der richtigen Reihenfolge zu erledigen:

Erst backt man die Pfannkuchen. Dann wischt man über die Tische. Dann scheuert man den Boden und lässt ihn trocknen. Bevor man den Boden putzt, muss man erst über die Tische wischen, denn man will ja schließlich nicht Staub oder Krümel und Mehl auf dem frischgeschrubbten Boden haben. Sonst muss man wieder von vorn anfangen. Das Gleiche gilt, wenn man auf dem nassen Boden Tritte hinterlässt, dann muss der Boden neu gewischt werden. Daran solltest du immer denken, wenn du mal einen eigenen Haushalt hast. Wer die Dinge in der richtigen Reihenfolge erledigt, vermeidet doppelte Arbeit, und sich doppelte Arbeit zu machen gehört eigentlich zu den Hauptsünden.

Diese Wörter, *doppelte Arbeit* und *Hauptsünde*, begleiten mich seither auf meinem Lebensweg. Sie passen so gut zueinander und befinden sich so wunderbar nah am Kern der Sache. Als sei das Dasein an und für sich schon doppelte Arbeit. Nicht genug damit, geboren zu werden – sterben muss man auch noch. Das klingt ganz nach doppelter Arbeit. Und im Grunde genommen ist es eine Hauptsünde, ein Mensch zu sein, denn das Leben verläuft in völlig verrückter Reihenfolge, wobei man nicht einmal weiß, was die richtige Reihenfolge ist; und selbst wenn man es wüsste, man hätte keinen Einfluss darauf; ergo entsteht daraus enorm viel doppelte Arbeit, was eine Hauptsünde ist, die jahraus, jahrein ihre grinsenden Purzelbäume schlägt wie eine gespenstische Bodenturnerin.

Auf Nellís Tisch standen ein Teller mit frischgebackenen, hauchzarten Pfannkuchen und ein Bild in gelbem Rahmen. Es zeigte ein Mädchen mit Zöpfen und Schleifen, ähnlich wie Magda sie mir sonntags, zum Geburtstag und zu Weihnachten flocht.

Ich musste backen, um die Milch zu verbrauchen, sagte Nellí. Es kamen Leute zu Besuch, die dachten, dass mein Mädchen immer noch bei mir wäre, und brachten mir Milch und Eier.

Hat die aber schöne Zöpfe.

Das ist wahr.

Meine Zöpfe wurden abgesäbelt.

Das ist schade, sagte Nellí und sah mich aufmerksam an.

Ich überlegte, ob ich ihr von dem Zopfdiebstahl und von Nauthólsvík erzählen sollte, aber sie war auf einmal ganz aufgeregt und schlug die Schranktür hektisch zu, als sie die Zuckerdose holte – und dann drehte sie murmelnd und Grimassen schneidend eine Runde durch den Raum. Ich hoffte nur, dass das nicht der Anfang von einem dieser Anfälle war, wenn sie Gras fraß.

Gute Leute, sagte sie, die Zuckerdose fixierend, gute Leute schneiden dem lieben Kind doch nicht die Zöpfe ab, nicht diese guten Menschen.

Es war ein schwerer Fehler gewesen, Nellí von den abgeschnittenen Zöpfen zu erzählen. Sie hatte auf einmal panische Angst, dass ihr Mädchen wie ich einem Zopfdieb zum Opfer fallen könnte.

Dann erinnerte sich Nellí, dass noch jemand im Raum war. Sie setzte sich mit der Zuckerdose in der Hand zu mir und schaute mich verlegen an. Sie stellte die Dose auf den Tisch, fragte, ob ich viel Zucker wollte oder wenig, ob sie den Pfannkuchen locker oder fest rollen sollte.

Sie sah mich an und fragte: Was hast du heute gegessen?

Eine Schnitte Graubrot.

Mit was darauf?

Mit nichts.

Und dazu hast du Milch getrunken.

Milch hatte ich noch nicht gekauft.

Warst du nicht hungrig?
Weiß nicht.
Was isst du denn gern?
In der Sjafnargata essen wir Lammkeule.
Und was sonst?
Lammkeule.
Gibt es zu jedem Essen Lammkeule?
Sonntags gibt es Lammkeule.
Und was esst ihr an den anderen Tagen?
Die Reste von der Keule.
Bei dir zu Hause leben wohl nur du und deine Mutter?
Nein, Harald und Mummi sind auch noch da.
Dann gibt es sonntags sicher zwei Lammkeulen?
Nein, eine.
Was macht dein Vater?
Harald ist Arzt.
Was für ein Harald?
Er ist Arzt.
Heißt dein Vater Harald?
Ja, und Ragnhild ist auch Arzt.
Was für eine Ragnhild?
Mama ist Ragnhild.

Nellí sah mich an und schwieg so lange, dass es mir peinlich zu werden begann.

Sie ist reinkarniert, sagte ich.

Nellí blickte mich fragend an, aber ich wollte mich nicht weiter zu Ragnhilds Getrapse auf den verschiedenen Existenzstufen auslassen. Ich habe das auch nie so richtig begriffen, und deswegen brachte ich diese Stufen mit der Treppe in der Sjafnargata in Verbindung und nannte sie die Existenztreppe. Ich dachte auch oft darüber nach, was für ein Kraftaufwand es sein musste, andauernd geboren zu werden und zu sterben.

Sie ist was?, fragte Nellí, als ob sie nicht richtig gehört hätte.

Reinkarniert.

Bist du ein Adoptivkind?

Nicht dass ich wüsste.

Wieso sagst du Harald und Ragnhild?

Ich weiß es nicht. Mummi und ich nennen sie Halli und Ralla, das hören sie aber nicht, weil sie irgendwie schwerhörig sind. Außer wenn Lungen Tuberkulose oder Emphyseme in ihre Stethoskope röcheln.

Nellí lachte bis zu den Ohren. Vier Zähne waren zu sehen, zwei Schneidezähne oben und zwei zusammenstehende Zähne hinten im Unterkiefer.

Du siehst mir ziemlich mager aus, erklärte Nellí, als sie sich von ihrem Lachanfall erholt hatte.

Mein kleines Mädchen war nie so dürr bei mir, fügte sie hinzu. Sie war wohl genährt, als die sie und das Bett geholt haben. Das Bett war gut.

Wo ist sie?

Man hat sie weggebracht.

Wohin?

Schwer zu sagen.

Warum hat man sie geholt?

Ich war voll und sie hat keinen Vater.

Nellí beugte sich über den Tisch zu mir hin und sagte so leise, als würde sie mir ein Geheimnis eröffnen: Es *ist* besser für sie, nicht hier zu sein.

Aber für dich?

Ich wäre am liebsten nie geboren worden.

Ich hatte so etwas noch nie gehört, dass jemand am liebsten nie geboren worden wäre. Ich verstand es aber so halb, wenn ich mir ein Kind mit Verbrennungen dritten Grades vorstellte, das vielleicht nach vielen Qualen auf Ragnhilds Station starb, oder ein Kind mit offenem Rücken. Dass die wahrscheinlich am liebsten gar nicht zur Welt gekommen wären.

Ich hätte zu gern gewusst, was Ragnhild dazu meinte, denn sie hatte ja schließlich so viele Geburten und Tode durchlaufen. Man konnte versuchen, bei der sonntäglichen Lammkeule danach zu fragen, und dann war es gut, Harald dabeizuhaben, denn er hörte meistens besser als sie. Und er half meinem Bruder Mummi und mir manchmal, bis zu ihren Ohren vorzudringen.

Aber am Sonntag steckte Ragnhild noch im Morgenmantel und hatte das Gehör komplett verloren, gleichgültig ob Harald sie in eigener Sache ansprach oder in unserer. Ohne Brille versuchte sie die Aufschriften von mehr als einer Kekspackung zu studieren und steckte sich mittags am Tisch eine Zigarette nach der anderen an. Nicht einmal die Mittagsnachrichten im Radio waren eingeschaltet. Ragnhild musste ein Kind verloren haben.

Es war ein deutliches Zeichen dafür, wenn sie nicht aus dem Morgenmantel herauskam und es auf mehr als zwei Schachteln pro Tag brachte sowie Gedichte mit der eigenen Lesebrille las: Steinn Steinarr, Einar Benediktsson, Rilke, Edith Södergran, Walt Whitman, TS Eliot, Hallgrímur Pétursson, Shakespeare, und die Bücher aufgeklappt und umgedreht irgendwo im Zimmer liegenließ.

Sie konnte auch angezogen sein, wenn sie ein Kind verloren hatte, man wusste aber sofort, was los war, wenn sie urplötzlich nicht mehr nach verlorenen Gegenständen suchte und über das Normale hinaus so geistesabwesend war, dass sie noch nicht einmal merkte, ob überhaupt irgendetwas verschwunden war, trotzdem aber in Küchenschubladen herumkramte und die Gebrauchsanweisung für den verschwundenen elektrischen Dosenöffner las, oder sogar Gebrauchsanweisungen von etwas, was noch gar nicht verschwunden war.

In solchen Fällen fanden meist an zwei aufeinanderfolgenden Abenden spiritistische Sitzungen im Grünen Salon statt. Ragnhild und Harald waren die einzigen Teilnehmer an diesen Treffen, wenn nicht zufälligerweise ehemalige Mitglieder des Mandolinenorchesters hereinschneiten. Dann wurde musiziert, *Schön war die Zeit* und *Plaisir d'amour*, und es war angenehm, bei einer schönen Melodie einzuschlafen, auch wenn es keine Gewissheit dafür gab, dass die Mandolinen überhaupt aus dieser Welt stammten.

Viele tote Kinder hingegen brachten mich um den Schlaf. Die konnten ziemlichen Krach machen und fingen nicht selten an zu brüllen – doch glücklicherweise immer ohne Fieber –, und sämtliche Botschaften, die durch die heisere Stimme des Hausmediums vermittelt wurden, waren positiv.

Mummi fand diesen Titel für sie, *Hausmedium,* vergleiche Hausgespenst. Mir war diese nierenkranke Gestalt mit den eingesunkenen Augen auch nicht ganz geheuer, aber Mummi hatte regelrecht Angst vor ihr und ging ihr aus dem Weg. Er sagte, sie sei ein Wiedergänger und käme vom gleichen Ort wie die toten Kinder. Deswegen gebe es diesen starken Kontakt.

Harald tröstete Ragnhild manchmal, wenn sie Kinder verlor. Er verwendete immer wieder dieselben Ausdrücke: Liebe Ragnhild, das ist *unausweichlich.* Wir haben keine Macht über Leben und Tod, *Leben und Tod* üben selber die Macht aus. Uns bleibt nur, es zu *akzeptieren.* Ich höre es ganz deutlich an deiner Schilderung, dass dieses Mädchen nicht zu retten war. Es gibt etwas, was man Menschenkräfte nennt, und das ging über Menschenkräfte. Denk doch an all die Kinder, die du gerettet hast. Es gibt in ganz Island keinen Arzt, der sich so auf die *Diagnose* versteht wie du. In der Hinsicht hast du übersinnliche Fähigkeiten, und nur das kann sie retten.

Die ganze Stadt sprach darüber, dass Ragnhild als Ärztin Beistand aus dem Jenseits erhielt, es gehe einfach nicht mit rechten Dingen zu, wie präzise sie die Diagnosen stellte. Als ich selber anfing, im Krankenhaus zu arbeiten, musste ich mir mehr Schilderungen dieser Art anhören, als mir lieb waren; wie Ragnhild nur einen kurzen Blick auf das Kind warf, irgendwo leicht drückte, zwei Fragen stellte und dann die perfekte Diagnose verkündete.

Es konnte vorkommen, dass sie mehr als zwei Fragen stellen, an verschiedenen Stellen tasten und das Kind vielleicht sogar den Mund öffnen lassen und dann überlegen musste. Während sie damit beschäftigt war, gab sie keine Antwort, wenn sie angesprochen wurde, ähnlich wie ein Medium in Trance.

Mummi und ich hatten das eine oder andere über Ragnhild auf Lager, das wir zum Besten gaben, auch wenn sie ganz in der Nähe war. Oben auf dem Dachboden wurde in voller Lautstärke gebrüllt:

Viele wurden geboren,
Ralla hat sie verloren,
Eck, Speck, Dreck,
und du bist weg.

Der Dachboden mit seinem Rautenfenster war unsere Welt hinter der Welt. Einhundertzwanzig Quadratmeter, auf denen sich die Wärme des Hauses sammelte, denn Wärme steigt nach oben, auch in der Sjafnargata.

Wenn keine Schule war, begannen wir den Tag meist damit, im Schlafanzug die Holztreppe hochzuklettern. Wir hüllten uns in zerrissene Laken, zündeten die Arbeitsleuchte mit dem langen Kabel an, die wir Hund nannten, und zogen ihn zwischen abgetakeltem Diwan und Wäschemangel Nähmaschine Schaukelstuhl hinter uns her.

Der Dachboden war die Domäne des Sjafnargata-Gespensts, das in unterschiedlicher Gestalt auftreten konnte, beispielsweise in weiblicher, und dann hieß es Rallalall, oder in männlicher, das war Hallilall. Dieses Arztgespenst unternahm riskante Operationen im Dachboden-OP, mit verrosteten Instrumenten, die denselben Patienten abwechselnd umbrachten und heilten.

Mein kleiner Bruder musste viele zweischneidige Herzoperationen auf der Arztliege aus dem Zweiten Weltkrieg über sich ergehen lassen. Ich begann damit, ihm mit einem roten Kugelschreiber ein Herz auf den Brustkorb zu zeichnen. Dann stellte ich mich mit dem Hund in der einen und dem gezückten Skalpell in der anderen Hand vor ihm auf.

Soll ich dir dein Mistherz rausschneiden, du armes kleines Luder?

Was kommt stattdessen rein?

Gesäuerte Blutwurst im Herzbeutel.

Na gut.

Und ich vollzog die Operation nach allen Regeln der Kunst. Zuerst musste der Patient betäubt werden, damit er sich nicht regte, wenn ich mich abrackerte, ihm das Herz herauszusäbeln, und ich verstand mich derart meisterhaft auf Anästhesie, dass er sich niemals regte.

Das Rautenfenster auf dem Dachboden war hoch oben, und Kinder konnten nur hinaussehen, wenn sie sich auf einen Stuhl stellten. Dann tat sich der Garten unter einem auf sowie ein Teil der Sjafnargata, ein schmaler Streifen Meer und der Himmel.

Als Mummi und ich endlich auf die Idee gekommen

waren, Kissen auf Stühle zu stapeln, saßen wir stundenlang am Fenster. Wir spielten unsichtbar, und das waren wir auch, unsichtbar. Nie konnte ich erkennen, dass der Postbote oder Straßenpassanten zwei Kindergesichter im Rautenfenster unter dem First des steingrauen Hauses bemerkt hätten.

Einmal fotografierte ein Ausländer das Haus, als wir am Fenster waren. Ich stelle mir vor, dass auf einem Foto irgendwo auf der Welt zwei kleine Kindergesichter existieren, die beim Entwickeln zum Vorschein kamen wie hinter beschlagenen Fenstern.

Die Jahreszeiten glitten an unseren Kinderaugen vorüber. In der ewig langen dunklen Jahreszeit warteten wir beim gespenstischen Schein des Hundes auf den ersten Schimmer von Tageslicht, auf die Osterglocken am Tor und die ersten Blättchen an den Birken, auf die wir schräg hinuntersahen, und das erste Dirrindí des Goldregenpfeifers.

Wenn bereits vielstimmiger Gesang von Zugvögeln ertönte, warteten wir auf den Sommer, der den Bäumen in unserem Garten große Blätter bescherte, vor allem dem Nasenbaum. Genauso war es ein Anzeichen für Sommer, wenn die Frau von gegenüber sich in Unterhose auf dem Balkon sonnte. Nur Mummi und ich konnten sie aus unserem Rautenfenster sehen.

Mummis Idee war es, sie die Schlüpfer-Frau zu nennen. Ihr passierte ein Malheur nach dem anderen, und sie war so etwas wie ein Fixpunkt für uns, denn sie lebte in einem Haus voller Gefahrenquellen. Die Türangeln ähnelten eher Spiralfedern, deshalb war ihre Nase bereits ziemlich platt und das Veilchen am Auge so gut wie angewachsen, weil sie unentwegt mit den Türen zusammentraf, wenn sie aus einem Zimmer ins andere schlüpfte.

Wenn es Mummi und mir im Rautenfenster reichte, mummelten wir uns manchmal auf dem Diwan, auf dem sich die Sprungfedern abzeichneten, in alte Kleidungsstücke ein und erzählten uns Geschichten wie *Das kleine Trampel mit den Streichhölzern* und *Schneewittchen und die sieben Tuberkelzwerge.* Das kleine Trampel beendete sein Leben, indem es sich mit seinen Streichhölzern selber anzündete, weil ihm so kalt war. Und die Weihnachtsbratenleute in ihrem warmen Haus sahen den Feuerschein und sagten: Da verbrennt jemand Müll, und das am Weihnachtsabend.

Bruchstücke von Reimen aus Grimms Märchen flossen ein:

... nähe mir die Naht, ziehe mir den Draht ...
... eneke, beneke, lass mich leben ...

Nach dem Arztgespenst-Spiel und dem Unsichtbar-Spiel war das Tot-Spiel am lustigsten. Man konnte halb tot, richtig tot oder mausetot sein. Mummi war imstande, sich total mausetot stellen, kraftlos bis zum Gehtnichtmehr, mit herunterhängendem Kiefer und verdrehten Augen. Einmal fing ich an zu heulen, weil es unmöglich schien, ihn wieder zum Leben zu erwecken, nicht einmal durch Kitzeln. Aber dann sprang er plötzlich auf und kreischte:

Eneke beneke, doch noch am Leben!

Mummi und ich waren zwar in gewisser Weise neugierig auf die Welt und betrachteten sie endlos durch das Rautenfenster oder sogar durch das Fenster im Grünen Salon, aber wir wollten nicht vor die Tür. Die Welt hatte uns nämlich beim ersten Mal nicht sonderlich gut empfangen, obwohl wir nur in den Garten hinausgegangen waren. Vielleicht waren wir immer nur darauf bedacht, nicht dem Mann mit dem Zeigefinger zu begegnen. Die Angst vor ihm schlummerte in mir, bis ich älter wurde und einen Beschützer in Form eines Liebsten erhielt.

Und Mummi und ich sahen weiter aus dem Rautenfenster, wir warteten und warteten, auf Tageslicht, auf Finsternis, und nach der Finsternis auf das Licht. Vielleicht warteten wir darauf, dass Magda wiederkäme. Ich tat das zumindest, und am Waschküchentag wechselte ich immer die Bettwäsche in ihrem Bett. Wir sprachen aber nie über sie, und das tun wir auch heute noch nicht, so als hätte sie nie existiert.

Magda ging am Grünen-Salon-Tag. Der Tag darauf war der Waschtag. Große Wäsche und keine Magda. Wer sollte waschen? Hatte Ragnhild eine Frau dafür gefunden? Wollte sie womöglich selber waschen? Oder würde Harald anfangen zu waschen, wenn er sähe, dass Ragnhild keine Anstalten dazu machte?

Ich schlief schlecht. Ich träumte langatmiges und wirres Zeug, das sich zum Schluss zu schmutziger Wäsche formierte. Laken und Hemden flatterten durchs Zimmer, blieben an mir hängen, schnürten mich langsam, aber sicher von Kopf bis Fuß so ein, dass ich komplett umwickelt war wie eine Mumie aus einem Buch. Ich wachte von meinem eigenen Schrei auf. Nun würde bestimmt jemand kommen, und ich wartete hoffnungsvoll eine Weile. Aber diesen Jemand gab es nicht, und selbstverständlich kam niemand.

Am Waschtag begann Magda immer gegen zehn mit der Wäsche. Als ich von meinem Schrei aufwachte, war es halb elf, und in Sachen Wäsche tat sich nichts. Um elf stand ich auf und öffnete die Zwischentür zur Waschküche. Irgendjemand hatte die Bettwäsche des Ehebetts abgezogen und sie zur schmutzigen Wäsche geworfen. Ich kroch wieder in mein Bett und wartete darauf, dass Wäsche gewaschen würde. Um die Mittagszeit hörte ich die Haustür ins Schloss fallen und dann das Klick-klack, Klick-klack von Haralds und Ragnhilds Schritten auf dem unendlichen Gartenpfad.

Ein Haufen ungewaschener Wäsche samstags bis zum Nachmittag in der Waschküche. Nicht auszudenken, wo das enden würde. Harald und Ragnhild könnten genauso gut dazu übergehen, am Sonntag Wäsche zu waschen, statt die Lammkeule in die Röhre zu schieben. Das war etwas, wofür ich nicht verantwortlich sein wollte.

Ich ging zu Mummi ins Zimmer, der aufrecht im Bett saß und in einem Malbuch mit deutschen Tieren malte. Seine Laune war ziemlich mies, und er fragte, ob es heute keinen Haferbrei gebe. Ich sagte, es sei keine Zeit, an Brei zu denken, wenn gewaschen werden müsste. Mummi fing an zu weinen und fragte: Gibt es dann nie wieder Brei? Er war so am Boden zerstört, dass ich ihm die Nase putzen und Brei kochen musste.

Mummi half mir, unsere Betten abzuziehen und neue Bettwäsche aufzuziehen. Dann ging ich ins Magdazimmer. Da stand ihr Bett und starrte uns entgegen, nackt und ohne Bettwäsche. Ich bezog es neu und machte das Bett, so gut ich konnte, schüttelte Kissen und Oberbett zurecht, breitete eine Decke darüber und glättete alles. Es wäre netter für Magda, wenn ihr Bett bereitstünde, für den Fall, dass sie bald wiederkäme.

Ich machte alles genau wie Magda. Sortierte die Wäsche und wusch drei Maschinen. Wenn die Maschine fertig war, musste man die bleischwere Wäsche zu einem Waschzuber schleppen, sie spülen und anschließend zum Schleudern wieder in die Maschine stopfen. Bei Magda hatte ich damit nie etwas zu tun gehabt. Hingegen war es mein Amt gewesen, ihr die Klammern zu reichen, wenn sie die Wäsche aufhängte.

Ich war mit meiner Weisheit am Ende, als ich entdeckte, dass ich nicht bis zur Wäscheleine reichte. Mummi war aber nicht auf den Kopf gefallen, er wusste Rat und holte den Küchenhocker. Von dem Tag an wurde er in meinem Zimmer aufbewahrt, damit er an Waschtagen immer bereitstünde, und da befindet er sich noch heute.

An diesem Tag entstand das Stück *Halli und Ralla waschen Wäsche*. Der Hauptspaß war, Ralla zu spielen, Mummi und ich wechselten uns dabei ab. Ralla hängt Halli mit Riesenklammern verkehrt herum an die Leine, Ralla nimmt ein Fußbad im Kochkessel, Ralla mangelt ihre Brille …

Als die großen Teile trocken waren, versuchte ich, sie durch die Bügelmaschine zu ziehen, aber das war ein hoffnungsloses Unterfangen, auch wenn Mummi zu helfen versuchte. Als Ragnhild abends noch einmal zu ihrer Station musste, ordnete ich schrecklich verknitterte Laken und Bettbezüge in den Wäscheschrank ein. Die Bettwäsche hatte so wenig Ähnlichkeit mit der von Magda, dass ich deswegen einen Heulkoller bekam.

An diesem ersten Waschtag kam ich auch mit dem Bügeleisen nicht zurecht, und von da an gab es in der Sjafnargata nichts Gebügeltes mehr, abgesehen von Haralds Hemden und einigen Sachen von Ragnhild, die in die Wäscherei oder in die Chemische Reinigung gebracht wurden. Erst viel später, als ich einen Liebsten hatte, begann ich meine Sachen zu bügeln und zu plätten, damit ich ihm nicht zerknautscht unter die Augen treten musste.

Am nächsten Tag, am ersten Sonntag nach Magdas Weggehen, war ich so erschöpft vom Wäschewaschen, dass ich erst aufstand, als Mummi mich zum Essen rief. Ich zog mich träge, aber in dem düsteren Triumphgefühl an, dass dieses Mittagessen mir zu verdanken sei – mit der Großen Wäsche am Samstag hatte ich sichergestellt, dass die Serie der Sonntagskeulen nicht unterbrochen wurde.

Aber die bevorstehende Woche lag mir schwer im Magen.

Da Ragnhild und Harald sich nicht am richtigen Tag um die Wäsche gekümmert hatten, war kein Verlass darauf, dass sie sich an Magdas Zimmer-System halten würden. Ich sah sämtliche acht Zimmer in staubiger Unordnung vor mir, einen um den anderen Tag, die Fußböden verdreckt, die Badewanne schmierig und voller Haare.

Ich musste trotzdem abwarten, was Ragnhild tun würde oder vielleicht Harald, wenn sie am Mummizimmertag oder an meinem von der Arbeit kamen. Ob sie möglicherweise aufräumen würden. Hätte ich schon alles erledigt, würde ich nicht in Erfahrung bringen, was sie vorgehabt hatten.

An dem Morgen war drinnen bei mir Sonne und im Baum kein Sturm. Ich weckte Mummi, als die Schritte des Ehepaars weit hinten auf der Straße verklungen waren. Wir gingen hinauf in die Küche, und ich deckte den Tisch für uns, wie Magda es getan hatte, und kochte den Haferbrei.

Nach dem Brei sauste Mummi barfuß im Schlafanzug in den Garten, und ich hinterher. Der große Lilla-Vogel hatte den kleinen Mummi-Vogel erwischt, als der Ruf erschallte: Lauselümmel! Ein großer, schlanker Mann mit Brille stand am Zaun. Er rief noch einmal *Lauselümmel!* und deutete gleichzeitig mit einem überlangen Zeigefinger auf uns.

Mummi und ich flohen ins Haus, schlossen die Tür ab und beschimpften uns gegenseitig als Lauselümmel und Mauselümmel. Ich suchte etwas zum Anziehen für meinen kleinen Bruder, und wir tobten den Rest des Tages im Haus und auf dem Dachboden herum, und das waren die Anfänge vom Tot-Spiel und Gespenst-Spiel und Unsichtbar-Spiel.

Mummi war eingeschlafen, als Harald und Ragnhild nach Hause kamen. Unter dem Oberbett wartete ich darauf, dass Ragnhild in mein Zimmer käme und aufräumte, wie Magda es immer an dem Tag gemacht hatte.

Aber anscheinend dachte Ragnhild an ganz andere Dinge. Ich horchte lange auf die Geräusche, die sie und Harald in der oberen Etage machten. Als nichts mehr zu hören war, schlich ich in Mummis Zimmer. Kleine kalte Füße lugten unter der Bettdecke hervor. Ich mummelte sie ein, wie Magda es oft getan hatte. Dann räumte ich seine Spielsachen auf, putzte Staub und fegte, ohne dass er wach wurde. Mit dem Wischen musste ich warten, denn der Aufnehmer war oben, und ich wollte nicht riskieren, Ragnhild und Harald zu stören.

Das Aufräumen und Putzen in meinem Zimmer unterblieb. Es war meine Sache, was ich da tat: Das war mein Zimmer. In einem unaufgeräumten, ungeputzten Zimmer, in dem alles nach dem Montagsputz blitzsauber hätte sein müssen, steigerte sich meine Angst vor dem langen Mann mit Brille und heiserer Stimme, der draußen am Zaun Lauselümmel rief und mit ausgestrecktem Zeigefinger auf Mummi und mich deutete.

Am ersten Badezimmertag, nachdem Magda gegangen war, geschah etwas Erstaunliches. Als Harald von der Arbeit nach Hause kam, sagte er zu mir: Jetzt werden wir einen Spaziergang machen, meine Liebe.

Ich versuchte ganz schnell, mich feinzumachen und die himmelblauen Geburtstagsschleifen in meine Zöpfe zu binden. Sie waren allerdings etwas zerknittert, denn an dem Abend, als Magda ging, hatte ich vergessen, sie vor dem Schlafengehen herauszunehmen.

Dieser Spaziergang war ein Rätsel wie aus einem Buch. Zunächst dachte ich, Harald wollte mit mir zur Dairy-Queen-Eisbude in der Hauptstraße gehen. Da würde ich ein Eis mit Schokoladenguss bekommen, wie auf einem Sonntagsausflug.

Aber er schlug sofort eine komische Richtung ein, nämlich die Njarðargata hoch und an der Statue von Leif Eriksson vorbei. Auf der Njálsgata angekommen, war ich mir ziemlich sicher, dass er auf all diesen Umwegen kaum unterwegs in die Innenstadt sein konnte, aber vielleicht musste er ja bei einem Patienten vorbeischauen.

Der Spaziergang endete auf einmal in Guðmanns Herrensalon. Dort war ich schon ein paarmal gewesen, wenn Magda mit Mummi zum Haareschneiden ging, aber mir wurden dort nie die Haare geschnitten. Magda kümmerte sich immer um meine Haare und stutzte die Spitzen.

Der Gang zum Friseurladen war nur so zu verstehen, dass Harald sich die Haare schneiden lassen wollte. Deswegen war ich ein einziges großes Fragezeichen, als Guðmann ein Brett quer über die Armlehnen des Friseursessels legte. Das tat er immer, wenn Kindern die Haare geschnitten wurden, aber ich war das einzige Kind im Laden.

Guðmann zog mir den Anorak aus und hängte ihn an einen Haken. Als er mich auf das Brett hob, sagte ich vor lauter Erstaunen: Was?, so als hätte jemand etwas gesagt, aber niemand hatte etwas gesagt.

Im Spiegel bot sich mir ein reizender Anblick. Meine dicken Zöpfe waren zerwuselt wie bei der schlimmsten Schlampe, und die Schleifen völlig zerknautscht. Das war nicht dasselbe Mädchen wie im Spiegel im Magdazimmer, wenn es die Zöpfe geflochten und neue Schleifen bekommen hatte.

Wollt ihr die Zöpfe behalten, fragte Guðmann.

Im Spiegel sah ich, dass Harald auf diese Frage nicht vorbereitet war, er senkte den Blick und sagte dann:

Das lohnt sich wohl kaum.

Ich schloss die Augen und hörte das Geräusch der Schere direkt an meinem Ohr – und dann ein Rascheln, als der Zopf zu Boden fiel. Ich hielt die Augen immer noch geschlossen, als das Schnippeln am anderen Ohr zu hören war, und öffnete sie erst, als der zweite Zopf hinunterfiel. Im Spiegel war ein Mädchen mit verschandelten Zopfstümpfen, die hinter den Ohren abstanden. Beinahe hätte ich angefangen zu lachen. Das erinnerte an etwas Lustiges aus einem Zeichentrickfilm im Fernsehen für die Soldaten auf dem amerikanischen Stützpunkt.

Guðmann wollte gerade die Schere wieder ansetzen, als ich ihn in den Handrücken biss. Sie fiel ihm aus der Hand und ritzte mir die Wange ein. Im Spiegel quollen zwei Blutrinnsale hervor und rannen rasch am Hals hinunter.

Ich sprang von meinem Sitz herunter. Meine blonden Zöpfe mit den Geburtstagsschleifen waren in einem Haufen mit unbekannten Haaren gelandet, braunen und dunkelblonden. Ich trampelte auf den Zöpfen herum, schrie wie am Spieß und ging mit den Fäusten auf Guðmann und Harald los. Dann rannte ich ohne Anorak auf die Straße hinaus und lief brüllend in Richtung Sjafnargata. Es war schwierig, im Laufen zu heulen, deswegen hielt ich bei Leif Eriksson inne, um eine größere Lautstärke zu erzielen, und dann noch einmal an der Ecke von Freyjugata und Njarðargata.

Ich rannte in mein Zimmer, warf mich angezogen und mit Schuhen aufs Bett und brüllte weiter aus allen Leibes- und Seelenkräften. Ragnhild kam herein. Sie setzte sich auf mein Bett. Ich war so verblüfft, dass ich verstummte.

Na na na, sagte Ragnhild und packte mich mit einem Ruck bei den Beinen. Sie wollte mich also verhauen, wie es manchmal mit unartigen Kindern in Büchern geschah. Manche waren aber gar nicht unartig und hatten gar nichts ausgefressen, sondern man hatte sie zu Unrecht verdächtigt.

Ganz ruhig, sagte Ragnhild und massierte mir den Oberschenkel.

Ich sah sie nicht an, und ich spürte nichts, aber sie hatte mir natürlich eine Spritze verpasst und die Stelle vorher massiert, damit ich den Einstich nicht spürte.

Aber weshalb tat sie das? Ich hatte in Erwachsenenbüchern über tödliche Spritzen gelesen, und auch darüber, dass Kinder umgebracht wurden, aber ich kannte keine Beispiele dafür, dass Mütter so etwas praktizierten – außer wenn es darum ging, Kinder auszusetzen wie in den Märchen, aber das geschah gleich nachdem sie geboren wurden.

Vielleicht war Ragnhild überhaupt nicht meine wirkliche Mutter, und vielleicht musste sie mich loswerden, nachdem Magda fort war, denn sie konnte ja schließlich nicht zu Hause bleiben und Zöpfe flechten, während auf ihrer Station Kinder mit Verbrennungen dritten Grades und mit Meningitis warteten.

Nein, das ergab keinen Sinn. Die Zöpfe waren ja weg, und deswegen gab es keinen Grund mehr, mich loszuwerden, sondern mein Leben konnte verschont bleiben.

Trotzdem fragte ich vorsichtshalber: Muss ich sterben?

Nur ein bisschen ausruhen, meine Liebe. Morgen ist ein neuer Tag.

Fürchterliche Schläfrigkeit überfiel mich, und diese Schwere im Kopf, wie bei ganz schlimmen Erkältungen. Ragnhild saß immer noch bei mir. Das konnte kaum etwas Gutes bedeuten und hatte wohl eher mit einem Ausdruck aus den Büchern zu tun: *bis zum bitteren Ende.* Vielleicht war diese Spritze nicht direkt tödlich, sondern sollte mich einschläfern, wie man es bei schwerkranken und alten Tieren macht, die so narkotisiert werden, dass sie nicht wieder aufwachen.

Als der neue Tag kam, den Ragnhild angekündigt hatte, kuschelte sich Mummi in meinem Bett an mich und tätschelte mir die bepflasterte Backe. Ich war immer noch angezogen, aber jemand hatte mir die Schuhe ausgezogen.

Ich fand es sehr bedenklich, wieder aufgewacht zu sein, falls das nicht die Absicht gewesen sein sollte, und wegen dieses möglichen Kunstfehlers fing ich an zu schluchzen. Zu Mummi sagte ich, es sei keineswegs sicher, dass ich nach der Spritze hätte wieder aufwachen sollen. Mummi wollte davon nichts wissen und sagte, das sei Blödsinn (*Blödsinn* gehörte zu seinen Lieblingswörtern), ich hätte eine Beruhigungsspritze bekommen, und das sei etwas ganz anderes.

In den nächsten Tagen vermied ich es tunlichst, Ragnhild in die Quere zu kommen, für den Fall, dass das Einschläfern tatsächlich misslungen war. Wenn ich ihre Aufmerksamkeit auf mich lenkte, bestand erhöhte Gefahr, dass sie einen weiteren Versuch unternehmen würde. Andererseits war das aber eigentlich nicht notwendig, ich machte ihr wohl kaum viel Arbeit, denn die Zöpfe waren weg.

Harald hingegen überraschte mich an dem Tag, als ich erwachte, indem er viel zu früh von der Arbeit kam. Ich putzte im Grünen Salon Staub, denn alle Wochentage waren vergangen, seit Magda weg war, und es war wieder Grüner-Salon-Tag.

Du bist ein braves Mädchen, sagte Harald, aber damit brauchst du dich nicht abzugeben. Er nahm mir das Staubtuch aus der Hand und legte es auf den Couchtisch.

Er setzte sich aufs Sofa, ohne den Mantel auszuziehen, und schaute mich an. Mir kam es fast so vor, als sei er so traurig wie in einem Buch, als befände sich da etwas in dem einen Augenwinkel, das eine Träne werden wollte. Das war ja vielleicht auch nicht verwunderlich, der arme Mann hatte ein Kind, das einen Friseur auf der Njálsgata gebissen und sich auf der Straße wie ein wildes Biest aufgeführt hatte.

Harald schwieg allzu lange auf dem Sofa. Endlich fragte er: Wie geht es dir, meine Liebe?

Ich bin heute Morgen aufgewacht, sagte ich, damit er Einwände machen konnte, falls es nicht beabsichtigt war, dass ich wieder erwachte.

Das war gut, sagte Harald lächelnd.

Ganz bestimmt?

Wie du fragen kannst, sagte er.

Dann reichte er mir fünfzig Kronen aus seiner Brieftasche und sagte, ich solle mir etwas Schönes dafür kaufen.

(Ich hatte keine Ahnung, was ich mit Geld anfangen sollte. Die fünfzig Kronen verschwanden auch bis irgendwann nach meinem achten Geburtstag in der Versenkung. Da war Mummi aber schon so groß, dass er wusste, was man mit Geld anfangen konnte, und wir hauten es unverzüglich auf den Kopf.)

Am selben Tag, an dem ich aufwachte, tauchte Guðmann plötzlich in der Sjafnargata auf. Darauf war ich nicht gefasst und schaffte es nicht, auf den Dachboden zu flüchten, um mich zu verstecken. Harald bat mich, in die Küche zu kommen. Ich schämte mich in Grund und Boden und starrte unverwandt auf einen Fleck, der mir am Küchentag entgangen war. Wie konnte man einem Mann in die Augen sehen, der ein Pflaster auf dem Handrücken hatte, weil ein Biest seine Zähne da hineingeschlagen hatte. Es konnte wohl auch kaum als mildernder Umstand angerechnet werden, dass dem Biest oben ein Schneidezahn fehlte; ein braves Mädchen würde so etwas nie tun, auch wenn es keinen einzigen Schneidezahn hätte.

Ich muss da noch ein bisschen nachschneiden, sagte der Friseur und öffnete seine Tasche.

Zuerst holte er eine braune Papiertüte heraus. Die Zopfenden mit den herunterhängenden Geburtstagsschleifen sahen aus der Tüte heraus.

Vielleicht möchtest du sie ja behalten, sagte er.

Er legte die Tüte mit diesen hässlichen und saudämlichen

Zopfstümpfen auf den Küchentisch, sie waren natürlich vom Fußboden im Friseurladen total verdreckt. Am besten würde man sie ins Meer werfen, oder besser noch verbrennen.

Harald stand direkt neben mir und dem Friseur, während geschnippelt wurde, wahrscheinlich sicherheitshalber, weil es gestern so gelaufen war.

Als Guðmann mit dem Schneiden fertig war, sagte er, ich hätte jetzt einen Bubikopf. Das sei sehr modisch. Ich hatte keine Ahnung, was das Wort bedeutete, aber es war genauso scheußlich wie der Haarschnitt.

Sehr hübsch, sagte Harald, das ist sehr hübsch.

Guðmann steckte die Schere in die Tasche und bat um Besen und Kehrblech.

Äh, einen Augenblick, sagte Harald, der keine Ahnung hatte, wo Magda solche Dinge aufbewahrte.

Ich holte Besen und Kehrschaufel für Guðmann, betrachtete die Haarschnipsel auf dem Küchenfußboden und fand es absurd, dass ein Friseur in der Sjafnargata den Fußboden kehrte.

Mummi verpasste ihm den Namen *Guðmann Zopfdieb*. Als wir beide damit angefangen hatten, im elektrischen Schaukelstuhl auf dem Dachboden Hinrichtungen vorzunehmen (trotz Ragnhilds negativen Äußerungen über Todesstrafen und Elektrische Stühle), wurde Guðmann ab und zu wegen Zopfdiebstahls hingerichtet.

Als es darum ging, die Zöpfe zu entsorgen, erwies sich das als keineswegs unproblematisch. Mummi verhinderte, dass ich sie noch am selben Tag, als ich wieder aufwachte, verbrannte. Er meinte, das würde bestimmt genauso scheußlich stinken wie beim Schlachthof, wenn dort Schafsköpfe gesengt wurden. Oder das Haus könnte in Flammen aufgehen.

Stattdessen schlug er vor, sie ins Klo zu werfen und abzuziehen. Ich wusste, dass man das nicht durfte, weil das Klo verstopfen konnte. Auch sein nächster Gedanke, nur einen Zopf auf einmal runterzuspülen, gefiel mir nicht, denn Magda hatte mir noch nicht einmal gestattet, zusammengedrehte Haare ins Klo zu werfen, wenn sie mit dem Flechten fertig war, geschweige denn mehr.

Der Idee, die Zöpfe ins Meer zu befördern, stand ein unüberwindliches Hindernis im Weg – das Meer war so weit weg. Wir überlegten eine Zeitlang, ob der Hafen in Frage käme, doch das war kein richtiges Meer, und dort waren zu viele Schiffe. Mummi schlug den Stadtteich vor, aber das war auch kein anständiges Meer, da wimmelte es von Enten und von Menschen, die sie mit Brot fütterten, und es würden bestimmt nur ausgesprochene Vollidioten auf die Idee kommen, die Enten zu verstören, indem man etwas anderes als Brot in den See warf.

Wir waren eigentlich mit unserer Weisheit so ziemlich am Ende, als mir endlich einfiel, dass die Nauthólsvík-Bucht richtiges Meer war und genau der passende Ort, um Zöpfe zu entsorgen. Damit war Mummi sehr einverstanden, sie hingen nämlich an einem Kleiderhaken in seinem Zimmer, und er konnte es kaum erwarten, sie loszuwerden.

Bloß weg mit dem hässlichen Gebammel, sagte er, mit spitzem Zeigefinger auf die zerwuselten Zöpfe deutend, die ihrer Vernichtung harrten.

Damals regnete es dauernd, und wir mussten mit unserer Expedition auf einen schönen Tag warten. (Magda hatte uns das Wetter beigebracht, genau wie alles andere, die Uhr, die Buchstaben.)

Eines Morgens machten wir uns auf den Weg, nachdem wir im Garten in alle Richtungen nach dem Wetter Ausschau gehalten hatten. Kein Wölkchen am Himmel. Mummi übernahm die Führung, er klemmte sich die Tüte mit den Zöpfen unter den Arm, sodass die Enden mit den himmelblauen Schleifen nach hinten raushingen und hin und her schlenkerten.

Der Weg führte uns gefährlich nahe am Krankenhaus und Ragnhilds Station vorbei, und ich bildete mir ein, sie an einem Fenster auftauchen zu sehen. Meine Befürchtung war, dass sie hinter uns herkommen und unser Vorhaben vereiteln würde. Den ganzen Weg bis Nauthólsvík blickte ich häufig verstohlen über die Schulter zurück.

Mummi überreichte mir feierlich die Tüte mit den Zöpfen, als wir am Spülsaum der Bucht die richtige Stelle gefunden hatten. Ich bereitete armeschwingend den Wurf vor, denn das Zeug sollte so weit wie möglich aufs Meer hinaus fliegen. Die Zöpfe trennten sich im Flug von der Tüte, und man hörte ein schwaches Klatschen, als sie im Wasser landeten. Ich beobachtete erstaunt, dass sie nicht gleich untergingen, sondern halb über und halb unter Wasser dümpelten, wie kleine Kinder mit Schwimmflügeln im Hallenbad.

Mummi behauptete, dass die Zöpfe niemals versinken, sondern wie Flaschenpost die Weltmeere durchpflügen und in Australien landen würden. Dort würden sich dann winzig kleine Leute am Strand drängeln und in einer unglaublich komischen Sprache sagen, dass es Zöpfe von einer Meerjungfrau wären, *raufrungjeem*.

Ich verwendete Mummis Lieblingswort gegen ihn und sagte, das sei Blödsinn – Meerjungfrauen hätten keine Zöpfe und würden auch nicht in Australien leben. Mummi erklärte, dass Meerjungfrauen ganz häufig Zöpfe trügen und ich hätte keinen blassen Schimmer, ob es sie nicht genauso gut auch in Australien gäbe wie in Kopenhagen.

Während wir uns darüber stritten, kamen kleine wiegende Wellen, und die Zöpfe drehten und schlängelten sich mitsamt den Schleifen. Mummi sagte *Würmer.* Ich sagte *igitt* und bewarf sie mit Steinen und noch mehr Steinen. Der eine Zopf brauchte übernatürlich lange, bis er völlig unterging. Ich sagte: Besser spät als nie!, als er endlich versank.

Wir setzten uns auf einen Stein und sahen den Wellen zu, von denen die Zöpfe auf den Meeresgrund geschaukelt würden. Mummi schlug vor, ein frommes Lied zu singen, wie in Kinderbüchern, wenn kleine Vögel beerdigt werden, und wir sangen *Lasst uns erheben Herz und Stimm.* Mummi wollte auch *Jesus, stärke deine Kinder* singen, aber ich sagte, dass man nur ein Lied singen dürfe.

Halla im Milchladen war uns zu den Öffnungszeiten Trost und Stütze im Dasein. Sie fragte nicht viel und hatte immer vernünftige Ratschläge im Hinblick auf die wenigen Dinge parat, mit denen man nicht zurande kam. Das konnte eine miauende Katze sein, die sich in den Nasenbaum verirrt hatte und nicht herunterkam, oder Mummi nach irgendeinem Sturz mit einer ungewöhnlich großen Platzwunde, die genäht werden musste. Halla rief die Polizei an, um die Katze zu retten, und sie sorgte dafür, dass die Schlüpfer-Frau mit Mummi zur Ambulanz fuhr.

(Harald und Ragnhild waren nie zu erreichen, deswegen erfanden Mummi und ich Geschichten, wie sie blaumachten und statt zu arbeiten alle Tage Sonntagsausflüge nach Hafnarfjörður unternahmen, falls sie nicht sogar in den Walfjord fuhren oder nach Þingvellir, natürlich nicht, ohne einen Karamellshake aus der Dairy-Queen-Eisbude mitzunehmen.)

An einem dieser Tage mit scheußlichem Wetter, als Mummi und ich die Sauermilch kauften, die Ragnhild morgens zu sich nahm, damit ihr von all der Kaffeetrinkerei nicht schlecht würde, rutschte Halla folgende Bemerkung heraus, während sie mir das Wechselgeld reichte:

Du bist aber wirklich kein *Sonnenscheinpferd*, mein Kind.

Ich verstand zwar nicht, was das bedeuten sollte, ob das ein Sprichwort war, wie auf den Zetteln in den großen Schokoladenostereiern, aber ich fand es irgendwie tragisch, kein Sonnenscheinpferd genannt zu werden, und weinte deswegen zwei Abende hintereinander. Mummi als Experte in Sachen Spitznamen machte aus mir eine Sonnenscheinmähre.

Ich hatte größte Lust, Halla zu fragen, was für eine Kreatur sie damit gemeint hatte – ob es mit etwas Traurigem verbunden war, aber ich brachte es nie über mich. Dieses orakelhafte Wort interpretierte ich in erster Linie so, dass ein Sonnenscheinpferd eine Art Sonntagsgaul war, der bei schlechtem Wetter im Stall bleiben durfte und nur bei Sonnenschein hinausgelassen wurde. Aber weshalb war ich angeblich *kein* Sonnenscheinpferd? Eine Zeitlang wollte ich Harald danach fragen, aber da bestand die Gefahr, dass er das Pferd mit mir in Verbindung bringen würde. Ungewiss, ob er sich darüber freuen würde.

Die letzte Zuflucht mit der Sonnenscheinpferdfrage war Nellí auf der Grettisgata. Sie war anscheinend ziemlich klug, da sie sich auf doppelte Arbeit und Hauptsünden verstand. Außerdem würde sie sich vermutlich nicht über Seltsame Fragen wundern, so wie die Hauswirtschaftslehrerin mit den schlaffen Lidern. (In jeder Stunde sagte sie zu einem in der Klasse: Das ist aber eine Sehr Seltsame Frage, und es endete damit, dass Lísa sie die Seltsame Frage nannte.)

Ich raffte mich zu einem Besuch in der Grettisgata auf, indem ich mir einredete, dass Nellí sich bestimmt darüber freuen würde, wenn ein Mädchen zu Besuch käme, auch wenn nur ich es war und nicht ihre eigene Tochter, die weggebracht worden war, schwer zu sagen, wohin.

Bei Nellí hatte es Veränderungen gegeben. Sie hatte die Holzvertäfelung in der Ecke beim Herd hellgrün gestrichen.

Der größte Riss im Fußbodenbelag war fast unter einem schwarzen Läufer verschwunden. Auf dem Bett lag jetzt ein dunkelbrauner Überwurf, der allerdings viel zu groß war. Irgendjemand musste Nellí diese Sachen geschenkt haben, sie war so arm, dass sie sich nichts kaufen konnte. Vielleicht hatte sie Verwandte, die ihr eine Decke in falscher Größe zusteckten, so etwas kam wohl kaum von der Mütterhilfe, denn zu den Müttern konnte Nellí ja nicht mehr gezählt werden.

Sie hatte neue, blaukarierte Gardinen aufgehängt, und die Decke auf dem Tisch war aus dem gleichen Stoff. Alles war so enorm gut gestärkt und gebügelt, dass ich sie schrecklich gern gefragt hätte, wie sie das machte. Aber das war zu riskant, denn Nellí war offensichtlich ziemlich wissbegierig, das hatten die Sonntagslammkeule und die gezielten Fragen nach Ragnhild und Harald gezeigt. Sie würde womöglich herausfinden, dass ich bei mir zu Hause die Wäsche wusch – was in der Oststadtschule eine Ausnahme war. Die Mädchen waren samstags immer im Schwimmbad, und ich konnte sie mir kaum am gleichen Tag beim Wäschewaschen vorstellen.

Auf Nellís neuer Tischdecke lagen eine Pappschachtel und ein hellblaues, glänzendes Stück Stoff, in das sie nachtblaue Buchstaben gestickt hatte, DÓR, und die Nadel steckte noch im R. Also hieß das Mädchen auf dem Foto Dór, und die guten Leute würden ihr nicht die Zöpfe abschneiden. Ihre Mutter hatte vor, die Pappschachtel mit dem hellblauen Stoff zu überziehen und sie ihrem Kind zukommen zu lassen, wo auch immer es war.

Neben der Schachtel stand ein Marmeladenglas mit einem Blumenstrauß aus Wiesenschaumkraut, Löwenzahn und Gräsern. Es sah ganz ähnlich aus wie das, was Magda manchmal sammelte und in einer Vase arrangierte. Nachdem sie fort war, wurden Blumenvasen in der Sjafnargata eher für Sicherheitsnadeln und Gummibänder verwendet. Am besten sollte man Nellí eine von diesen Vasen schenken.

Ich verstand gar nicht, weshalb Nellí ihr Sonntagskleid anhatte, und fragte, ob sie zu einer Beerdigung müsste.

Sie sah mich rasch an: Etwas in der Art.

Ich hatte eine so blödsinnige Frage gestellt, dass mir vor Scham ganz heiß im Gesicht wurde.

Aber Nellí nahm mir das nicht übel. Sie streichelte mir die Wange: Ich hatte gehofft, dass du kommen würdest.

Nellí hatte richtige Schokolade gekocht, Sahne geschlagen und Pfannkuchen gebacken. Sie hatte ganz offensichtlich nicht nur Augen im Nacken, sondern auch den Siebten Sinn, so wie das Hausmedium in der Sjafnargata, da sie mit mir gerechnet hatte.

Sie nahm die Schachtel, das blaue Stück Stoff mit dem Namen Dór, die Schere und das dunkelblaue Stickgarn vom Tisch und legte alles auf die neue Bettdecke. Bei ihr drinnen war es nicht möglich, irgendwo anders etwas abzulegen. Dann deckte sie den Tisch für uns beide, sogar mit Servietten.

Ich aß fünf Pfannkuchen und trank zwei Tassen heiße Schokolade. Anschließend war ich so benommen, dass ich kaum sprechen konnte, aber irgendwie fühlte ich mich verpflichtet, dieser Frau, die Anfälle bekommen und Gras gefressen hat und der ein wohlgenährtes Kind weggenommen worden war, etwas Besonderes zu sagen; sie hatte nur für mich eine festliche Kaffeetafel gedeckt.

In dieser Situation war es unmöglich, Nellí mit der albernen Frage zu belästigen, wer ein Sonnenscheinpferd war und wer kein Sonnenscheinpferd war. Nellí würde glauben, ich hätte einen Niedrigen Intelligenzquotienten. So was gab es bestimmt auch bei Kindern, auch wenn ich den Begriff Niedriger Intelligenzquotient nur im Zusammenhang mit Erwachsenen gehört hatte. Den gab es nämlich recht häufig bei den Eltern der kranken Kinder auf Ragnhilds Station. Bei Niedrigem Intelligenzquotienten in der Familie war die richtige Dosierung der Medikamente nicht garantiert, was den Heilungsprozess gefährden konnte, und deswegen durften die Kinder erst entlassen werden, wenn sie völlig gesund waren.

Allerdings war das, was ich stattdessen zu Nellí sagte, fast genauso dämlich wie das mit dem Sonnenscheinpferd, aber ich sagte es trotzdem in der Hoffnung, ihr damit eine Freude zu machen: Du bist jetzt gar nicht mehr voll, sagte ich.

Nein, sagte Nellí und lächelte.

Ich wusste zwar, dass sie kaum noch Zähne hatte, aber ich erschrak trotzdem, als ich die vier Zähne sah. Es ging ja auch nicht an, dass Leute so arm waren, dass sie sich nicht einmal Zähne im Mund leisten konnten. Ragnhild war ganz und gar gegen Armut, und ich gab ihr darin recht.

Es ist vorbei, sagte Nellí und lächelte noch mehr.

Sie wäre also nicht mehr am liebsten nicht geboren worden. Das passte zu dem Glück in den Büchern aus der Stadtbücherei, wenn schreckliches Missgeschick hinter einem lag, obwohl das nie so weit ging, dass die armen Menschen Gras fraßen wie Tiere – solche Geschichten endeten jedes Mal, wenn man sie las, gut, gleichgültig wie schlimm sie begannen und wie entsetzlich schwarz die Aussichten zeitweilig waren.

Jetzt würde Nellí Dór wiederbekommen, wo sie doch nicht mehr voll war, und falls erforderlich, würde man selbstverständlich auch einen Vater für sie finden können. Dór würde es gut bei ihrer Mama haben, auch wenn die bitterarm war und in einem einzigen Zimmer lebte, das stark an eine ordentliche, aber ziemlich leere Abstellkammer mit Herd erinnerte, denn diese Mama strich ihr über die Wange und brachte ihrer Tochter alles über doppelte Arbeit mit Hauptsünden bei, die man vermeiden musste, wenn man einen eigenen Haushalt führte. Sie hatte sogar ein Foto von ihr auf dem Tisch. In der Sjafnargata gab es kein Foto von mir oder Mummi. Falls ich ein Mädchen bekäme, wenn ich erwachsen war, würde ich ein Bild von ihr auf dem Tisch haben, damit sie am Tisch sitzen könnte und messen, wie viel länger ihre Zöpfe seit dem Foto geworden waren.

Als ich mich bedankte und verabschiedete, bat Nellí mich, morgen nicht zu kommen und auch nicht übermorgen oder überhaupt in der Woche, sie würde nicht zu Hause sein.

Ich möchte nicht, dass du mich besuchst, wenn ich nicht zu Hause bin.

So drückte sie sich aus.

Sie nahm meine Hand, gab mir einen Kuss auf die Wange und sagte, ich sei ein außerordentlich liebes Mädchen.

Als ich nach Hause ging, war ich fast so gut gelaunt wie zu Magdas Zeiten. Jemand hatte gesagt, ich sei ein außerordentlich liebes Mädchen, da spielte es keine Rolle, ob diese Person einen lächerlichen Spottnamen hatte. Sie hatte mich mit Pfannkuchen und heißer Schokolade bewirtet, obwohl niemand Geburtstag hatte. Am wenigsten ich, denn mein Geburtstag wurde nicht mehr gefeiert, seit Magda gegangen war. Zum achten Geburtstag bekam ich aber ein Geschenk. Die Uhr mit den Jodelgeräuschen, die Harald in der Schweiz gekauft hatte.

Die beiden, die sich selbst Papa und Mama nannten und von ihren Kindern Harald und Ragnhild genannt wurden oder Das Ehepaar, waren extrem geistesabwesend. Es war unbegreiflich, wie sie durchs Leben kamen, ohne sich darin umzubringen, und das in einem Cadillac, von dem sie nicht wussten, wo er anfing und wo er aufhörte. Sie fuhren bei Rot über die Ampel, brachen sich entgegen der Fahrtrichtung durch Einbahnstraßen Bahn und verbeulten überall in der Stadt parkende Autos, ohne es zu merken.

Harald und Ragnhild merkten auch nie, wenn irgendwo flaches Gelände endete, an Stufen oder Bürgersteigkanten beispielsweise. Sie stolperten auf dem Weg nach oben oder stürzten nach unten, je nachdem, wie die Geländestufe lag. Sie mussten sich dauernd gegenseitig verpflastern. Hansaplast, Kompressen, Spiritus und Schere waren die einzigen Dinge, an denen es in der Sjafnargata nie mangelte. Das war natürlich günstig, wenn ich Mummis Blessuren verbinden musste.

Das Ehepaar sperrte sich einmal pro Woche aus, doch es überraschte sie immer wieder aufs Neue. Ich sehe sie vor mir, wie sie mit weit aufgerissenen Augen völlig perplex vor der verschlossenen Haustür in der Sjafnargata standen – nirgendwo ein Schlüssel, um sie aufzuschließen.

Die beste Möglichkeit, ins Haus zu kommen, war durch das Fenster in meinem Zimmer. Das war aber zu schmal, als dass Erwachsene sich hindurchzwängen konnten. Kinder, die klein genug waren, konnte man mit den Füßen zuerst hineinkriechen lassen, doch fiel es nicht immer leicht, von innen die Tür für Das Ehepaar zu öffnen.

Ich begreife nicht, weshalb ich die Schlüssel im Bad vergessen habe! (Was haben Schlüssel überhaupt im Bad zu suchen, ich würde nie mit Schlüsseln ins Badezimmer gehen.)

Das Ehepaar konnte sich sogar in solche Notsituationen hineinmanövrieren, dass sie mitten im Unterricht anklopfen mussten, um mir meinen Hausschlüssel abzuknöpfen. Anschließend war dann ich ausgesperrt und musste mich durchs Fenster in mein Zimmer hineinzwängen. Als ich einen Busen bekam, ging das nicht mehr. Dann war ich gezwungen, auf den Balkon hinaufzuklettern und bei mir zu Hause einzubrechen, obwohl ich nicht schwindelfrei war.

Harald und Ragnhild geisterten ewig auf der Suche nach etwas durch sämtliche acht Zimmer des Hauses plus Küche und Bad, immer gleichermaßen liebenswürdig. Sie erhoben nie ihre Stimmen, gleichgültig, welch einzig wahren verlorenen Gegenstand sie schmerzlich vermissten. Für mich hörte es sich an wie eine buddhistische Litanei: OMM, wo sind denn bloß meine Pantoffeln ... OMM ... ist das Klopapier wieder alle ... OMM ... habt ihr meine Brille für draußen gesehen. Ja, OMM. Brille Brille Brille.

Sie belästigten einander unablässig und immer wieder. Das war ihre Art der Kommunikation.

Mama, hast du den Artikel über Meningitis B genommen, den ich fotokopiert habe?

Nein, den habe ich nicht gesehen, Papa, aber ich suche schon die ganze Zeit nach dem Buch von Baron von Schrenck, da steht etwas über Ektoplasma drin. Hast du es vielleicht?

Hast du das Telefonbuch irgendwo gesehen, gestern Abend so gegen neun lag es auf dem Ecktisch im Grünen Salon?

Du legst es doch immer auf die hohe Kommode unten im Eingang, erinnerst du dich nicht ... erinnerst du dich nicht ... nicht ...

Das Ehepaar säuselte sich liebliche Töne vor, wie Liebende in einer Operette, zwischen den Arien über wiedergefundene Dinge und noch nicht gefundene – über neue Fundstätten und frühere oder spätere Aufbewahrungsorte und Aufbewahrungsorte von ungefundenen und gerade wiedergefundenen Gegenständen. Aber die sanften Stimmen hatten ein leicht gereiztes Timbre, es gab immer und immer wieder Bredouillen, aus denen sie einander kaum zu retten vermochten. Sie, die erst spät im Leben zueinander gefunden hatten, spielten hemmungslos Mutter-und-Kind-Spiele und redeten sich mit Papa und Mama an, als würden sie endlos mit ihren Eltern sprechen, sie verloren sich oder verhedderten sich in den Wörtern wie die schlimmsten Stotterer: Bist du dir da ganz sicher, Mammammmamma? Ja, das bin ich, Pappipapp. Pa. Papp.

Harald und Ragnhild schafften nicht mehr, als kramend durch die Zimmer zu vagabundieren, einander zu stören und sich gegenseitig aus Klemmen zu helfen, sei es bei einem Reißverschluss, einer Reinkarnation oder einem verlegten Teelöffel. Sie taten so, als gäbe es Mummi und mich nicht. Vielleicht lebten sie in beständiger Verwunderung darüber, dass sie Kinder hatten, oder sie fanden es irgendwie peinlich. Sie waren natürlich auch schon in fortgeschrittenem Alter, als die Kinder kamen, ganz zu schweigen von einem aufgelösten Mandolinenorchester und Liebesleiden.

Ich wusste nie genau, was bei Harald vorgefallen war, nur, dass seine Verlobte nicht wie Ragnhilds Dichter jung an Tuberkulose gestorben war. Ich ging die ganze Zeit davon aus, dass Harald zur Spezies Verschmähte Isländer gehörte, aber in seiner letzten Stunde sagte er mir, sie warte im Jenseits auf ihn.

Kurz nachdem Harald gestorben war, kam Ragnhild auf die Idee, mir das Abschiedsgedicht ihres angehenden Dichters zu zeigen und damit meine Erinnerung an Haralds Tod zu beeinträchtigen. Nichts kann Ragnhild in Frieden lassen, diese teilnahmslose Person. Ach.

Auf einem gelben Blatt aus einem früheren Leben stand das Gedicht eines angehenden Poeten. (Wurden die Leute angehend genannt, weil sie dem Tode geweiht waren und deswegen voraussichtlich nie etwas anderes als angehend werden würden?) Ich dachte an den Baudelaire-und-Poe-Blick des Dichters, Auge in Auge mit Ragnhild, und wie sie in jüngeren Jahren gewesen sein mochte. Und ich sah daunenweiche Moospolster in der Lava beim Vífilsstaðir-Sanatorium vor mir, wo der Todgeweihte sich nach wenigen Schritten mit dem Kopf auf Ragnhilds Schulter ausruhen musste.

Bald trennt uns nichts
als hellgrüne Lava

Schauplatz tanzender Strahlen an Farn und Halm

deine selige Hand wird mich geleiten
zu beginnenden Schatten

und nichts

wird ferner deine Hand und mich trennen.

Ich schrieb das Gedicht des Poeten ab, der mit dreiundzwanzig Jahren gestorben war und Ragnhild so untröstlich hinterlassen hatte, dass sie das Medizinstudium mit den allerbesten Noten absolvierte.

Harald und Ragnhild waren geprägt von den Zeiten CHRONISCHEN LIEBESLEIDS. Das war eine Epidemie, die in der ersten Hälfte des zwanzigsten Jahrhunderts ihren Höhepunkt erreichte und halbe Jahrgänge von Isländern im heiratsfähigen Alter so zugrunde richtete, dass sie verschmäht und mit gebrochenen Herzen in klassischen Heidesträuchern und entwässerten Sümpfen zuhauf herumlagen.

Liebesleid war *akut tödlich,* wenn die Verschmähten sich nämlich stante pede das Leben nahmen, um nicht für den Rest des Hundelebens allein und ohne den Einzig Richtigen Partner dahinvegetieren zu müssen. Wer sich außerstande sah, eine so grundlegende und nicht wieder rückgängig zu machende Entscheidung zu treffen, landete chronisch gemütskrank in der psychiatrischen Klinik Klepper, zum Schrecken der Kinder in diesem Viertel, denn solche Gestalten lungerten gern an diversen Bushaltestellen herum. Schlimmstenfalls hielten sie undefinierbare Beutel umklammert und blieben nicht bei Haltestellen stehen, sondern fuhren sogar mit dem Bus, und niemand wusste, wohin.

Liebesleid gab es aber auch in der *schleichend tödlichen* Form physischer Krankheiten. Erhöhte Anfälligkeit bestand bei unterernährten Menschen in kalten und feuchten Unterkünften. Der Natur der Sache gemäß grassierte Liebesleid in der Brusthöhle, und damit waren den Tuberkelbakterien Tür und Tor geöffnet, oder die Bazillen stürzten sich mit verdoppelter Energie auf eine bereits in Mitleidenschaft gezogene Brust.

Tuberkulose war auch eine ergiebige Quelle für Liebesleid am Schauplatz des Lungensanatoriums in Vífilsstaðir, wo Liebe und Tod so poetisch Händchen hielten. Die seltenen Male, die Ragnhild und Harald einen ganzen Abend zu Hause waren und das Programm im Fernsehsender des amerikanischen Stützpunkts nicht besonders war, erzählten sie sich Geschichten von Tuberkulose und Liebe.

Nahezu alle, die ergreifendem Liebesleid zum Opfer gefallen, aber weder gestorben noch in der Psychiatrie gelandet waren, lebten den Rest ihres Lebens kränkelnd zur Untermiete in einem Zimmer mit Zugang zum Bad oder in dunklen Kellern ohne Bad, abgesehen von einem Zuber im Waschkeller. In Ausnahmefällen lebten die Betroffenen in einem Wohnblock in einer Wohnung mit Bad, mit Blick aus dem Küchenfenster auf das Bergmassiv der Esja, erreichten ein hohes Alter und waren noch als Senioren bei einigermaßen zufriedenstellender Gesundheit, umzingelt von isländischen und skandinavischen Gedichtsammlungen, die sie extra hatten einbinden lassen, um das Feuer der Sehnsucht zu schüren. An den Wänden vielleicht auch abstrakte Bilder von Karl Kvaran und Guðmunda Andrésdóttir, um lebenslangem Liebesleid einen kulturellen Rahmen zu geben, der in eine abstrakte Zukunft wies, genau wie Liebesleid auf seine Weise.

Über Liebesleid und Gründe für das Single-Dasein redeten die Leidtragenden und deren nächste Angehörige nie laut. Das war eins der ungeschriebenen Gesetze bei diesem *Phänomen.* Auf der anderen Seite gab es aber unentwegt Geflüster im engsten Familienkreis über den unerhört attraktiven Mann, der *sie* hintergangen hatte, oder über dieses Flittchen, das *ihm* das Herz gebrochen und ihn verschmäht hatte. Diese Saboteure der Gefühle wurden sogar beim Namen genannt, aber damit nicht genug, der Attraktive beziehungsweise das Flittchen hatten meist auch mehr als einem oder zwei anderen Opfern das Herz gebrochen.

Es war typisch für grenzenloses Liebesleid, dass Menschen, die wenig darstellten oder unansehnlich waren, davon verschont blieben. Diese Art von lebenslänglichem Schmerz blieb allein jenen vorbehalten, die etwas hermachten und über Charme, moralische Stärke und einen einwandfreien Charakter verfügten. Zudem waren Liebesleidende fast ausnahmslos lebens- und unternehmungslustige Menschen gewesen, bevor das Phänomen über sie hereinbrach. Diejenigen, die überlebten und nicht in der Irrenanstalt landeten, waren für einen Großteil ihres Lebens niedergeschlagen; es gab jedoch Beispiele dafür, dass die Leute wieder auflebten, wenn sie die sechzig überschritten hatten, auch wenn das im Prinzip nichts an den Auswirkungen chronischen Liebesleids änderte.

Harald und Ragnhild waren Ausnahmen in Sachen Liebesleid. Das Phänomen streckte sie beide Anfang zwanzig nieder. Sie hatten zwar vorgehabt, sich in herkömmlicher Weise bis zum Lebensende damit einzurichten, doch sie wichen vom vorgezeichneten Leidenspfad ab und begnügten sich letztlich miteinander. Obendrein besaßen sie die Unverfrorenheit, ein Kind und noch eins zu bekommen, und an diese seltsame Vorstellung konnten sie sich wie gesagt nie gewöhnen, am allerwenigsten Ragnhild.

Obwohl ich kein Kind war (höchstens vielleicht vor meiner Erinnerung), hatte ich trotzdem eine Kindheit, solange Magda da war, *Magdamama,* wie ich sie in kindlich logischem Denken nannte – und Ragnhild nannte ich Ragnhild. Ragnhild überhörte das geflissentlich, und es ist auch keineswegs sicher, ob sie es gehört hat.

Magda ließ mich abends die Zähne putzen, deckte mich zu, las mir vor und betete in beiden Sprachen, und hinzu kam eine Strophe mit guten Ratschlägen von Hallgrímur Pétursson, die sie besonders schätzte.

Es ist zum Wohl für jedes Kind,
zu streben nach Gottes Segen,
die Obhut es im Herren find't
auf allen seinen Wegen.

Morgens kämmte sie mich und flocht mir die Haare. Sonntags, Weihnachten, Ostern und an Geburtstagen kamen Schleifen hinein. Sie sorgte dafür, dass meine Sachen sauber und gebügelt waren. Dank ihr lernte ich, meine Spielsachen aufzuräumen, Puppe Lóló abends vom Boden aufzuheben, und wenn ich aufgehört hatte zu puzzeln, die Stückchen einzusammeln und in die Schachtel zu legen.

Magda nahm mich manchmal in den Arm, und Mummi auch. Sonst gab es nämlich keinerlei Umarmungen in der

Sjafnargata, es sei denn, dass Harald und Ragnhild möglicherweise darauf zurückgriffen, wenn sie unter sich waren.

Es war Magda, die auf Wehwehchen pustete, wenn ich hingefallen war, auch wenn Das Ehepaar zu Hause war, und sie klebte die Pflaster auf. Sie sah mir in die Augen, wenn sie mit mir sprach, und sie lächelte mich an. Falsch daran war nur, dass es nicht Ragnhild selbst war, die mich bemutterte. In mir schlummerte deswegen Unzufriedenheit und etwas, was Trauer ähnelte.

Magda weinte, als sie sich in der Haustür in der Sjafnargata von Mummi und mir verabschiedete, aber wir drehten uns auf dem Absatz um und gingen ins Haus, geradeso, als handelte es sich nur um einen Schnupfen. Wir warteten nicht einmal, bis sie in den Cadillac eingestiegen war, um ihr zum Abschied zuzuwinken.

Es war Ende Juli, und mein siebter Geburtstag lag gerade hinter mir. Magda nannte mich das Sommerkind auf Deutsch, aber ich wusste, was das bedeutete. Mummi machte daraus das Sommerschaf, und das kann ihm an einem guten Tag auch heute noch manchmal einfallen.

Vor dem fünften und sechsten Geburtstag war Magda mit mir zur Schneiderin gegangen, doch diesmal hatte sie mein Kleid selber genäht. Es war aus blauem Samt mit weißen Spitzeneinsätzen an der Brust. Am Tag vor dem Geburtstag ging sie mit mir ins Vogue-Geschäft, und ich durfte mir Schleifen für die Zöpfe auswählen. Ich deutete auf die himmelblauen, und Magda lobte mich dafür, die schönste Farbe zum neuen Kleid ausgesucht zu haben. An diesem Tag hatte ich das Gefühl, ein erwachsenes Mädchen zu sein, weil ich mich so gut darauf verstand, Schleifen auszuwählen.

Alle möglichen Anziehsachen und Dinge von Magda waren uns in der ersten Zeit nachdem sie fort war, Halt und

Stütze. Ich besaß das Geburtstagskleid und die rote Strickjacke mit den silbernen Knöpfen, Mummi eine grüne Bommelmütze und einen regenbogengestreiften Schal, von ihr gestrickt. Und dann waren da noch die Bücher, die sie uns zugesteckt hatte. Pünktchen und Anton beispielsweise.

Aber diese Überbleibsel verschlissen schnell oder gingen verloren. Was in der Sjafnargata nicht gänzlich abhandenkam, wurde sofort löchrig: Strickjacken Kopfkissenbezüge Handschuhe. Falls es sich um ein Buch handelte, lösten sich die Einbanddeckel ab. Pünktchen und Anton gab es zwar immer noch, aber in drei selbständigen Teilen, Anfang, Mitte und Ende, die es von da an keine Stunde mehr im gleichen Zimmer aushielten, geschweige denn länger.

Obwohl ich mir die größte Mühe gab, vagabundierten alle Gegenstände, heil oder lädiert, durch sämtliche Zimmer. Sie wurden von Harald und Ragnhild (mit Mummis Unterstützung) verschlampt, die große wie kleine Sachen abschleppten und sie nach einem unsichtbaren System auf die Zimmer verteilten, dem ich auf die Spur zu kommen versuchte, als ich einen Liebsten bekam. Ich verfolgte Objekte wie Telefonbuch und Brillen kreuz und quer durchs Haus und von einem Stockwerk ins andere, konnte aber keine Systematik dahinter entdecken, und ebenso wenig gelang es mir, die Gründe für diese Verlagerungen herauszufinden. Sie waren unberechenbar.

Zur Magdazeit war der Garten ein Zauberland. Da konnte man beispielsweise Fliegen fangen und sie in Königssöhne verwandeln, Hexen, Dornröschen. Zwischendurch lag man auf dem Rücken und schlürfte Sonne oder las ein Bild aus einer komischen Wolke heraus.

Das Leben im Garten war aber nicht nur Spiel, denn man musste auf die unverständige Lóló aufpassen und sie ausschimpfen, wenn sie etwas ausgefressen hatte. Aber Lóló!, oder sogar Lóló Haraldsdóttir!, mit erhobenem Finger.

Magdamama kam manchmal hinaus zu mir. Sie sagte oft nicht viel, aber sie hatte immer ein Lächeln bereit und war nie in Eile. Wenn kein Wölkchen am Himmel war und kein Sturm im Baum, brachte sie mir ein Glas Milch und Weißbrot mit selbstgemachter Rhabarbermarmelade. Irgendwann einmal trank sie Kaffee draußen im Garten, und wir lehnten uns an den Nasenbaum, der mich in seine Obhut nahm, als sie ging. Ich weiß, dass dieser Tag im Juli war. Magda hatte schon angefangen, für meinen vorletzten Geburtstag zu backen, und gab mir ein Stück von einer zusammengefallenen deutschen Torte, die Käsetorte hieß. Und dieser Tag und einige andere, der Harald-Eintopf-Tag beispielsweise, aber vor allem auch die Morgen vor den Tagen mit meinem Liebsten führten dazu, dass es mir irgendwie gelang, *in meinem Bild* bis auf den heutigen Tag zu existieren.

Das Bild, das ich mein Bild nenne, machte der Liebste am Meeresufer. Das Gesicht mit den Augen, die du süße Katzenaugen nanntest, und das Meer dahinter, versetzt mit Himmel. Das Foto befindet sich in meiner Tasche, wohin ich auch gehe – als wäre ich ein naher Angehöriger und womöglich tot. Damit ich mich immer bei mir habe, so wie ich bin. So wie du mich sahst, und du bist das einzige Wesen, das mich gesehen hat, wie ich bin oder wie ich sein könnte.

Wie ich bin, so war ich damals nur in der Zeit kurz nach dem Ausschlüpfen aus der zähschimmeligen Kindheitshülse. Bevor das Leben als solches mit Nachtschichten auf Stationen mit Sterbenden und im eigenen Heim mit Töchtern und anderem über mich hereinbrach. Diese Zeit, in der ich ich war, war die Zeit mit dir, und du warst es, der mich zu mir in meinem Bild gemacht hat. Mein Bild am Meer habe ich immer in der Tasche. Damit ich es schnell herausziehen und nachsehen kann, wer ich war, als ich war, wie ich bin, wer ich sein könnte.

Als wir zusammen durch den Park beim Musikpavillon, über die Hringbraut, die ganze Strecke bis zur Ægisíða am Meer und vielleicht sogar bis auf die Halbinsel Seltjarnarnes hinaus schlenderten, und das im Januar, da wurde ich glücklich. Ich begriff, dass es sich um eine Art Erwachsenenglück aus den Büchern in der Stadtbücherei oder im Bücherzimmer in der Sjafnargata handelte.

All dieses Glück, noch dazu Hand in Hand, Mund an Mund, mit diesem schönen Augenausdruck und dem Lächeln an meiner Seite, war so überwältigend und so unbekannt, dass ich schlapp wurde und keine Ausdauer mehr hatte. Ich gewöhnte mir an, ins Bett zu kriechen, sobald ich eine freie Minute hatte, ich kuschelte mich in Embryohaltung unter das Oberbett, häufig genug mit einem Buch, über dem ich aber unverzüglich einschlief. Ich ging um acht ins Bett, direkt nach den Spaziergängen. An Wochenenden schlief ich bis in den Nachmittag hinein.

Parallel zu dieser ausgedehnten Bettlägerigkeit in unerwartetem Glück wuchs mein Appetit, und ich begann, Interesse für Essen zu entwickeln. Ich kochte sogar manchmal etwas für mich und Mummi, was ich in der düsteren Schulküche der Oststadtschule gelernt hatte, bei der depressiven Hauswirtschaftslehrerin mit den schlaffen Lidern (die die Fragen der Kinder, beispielsweise nach der Kohäsion von Wasser und Mehl, als Seltsame Fragen bezeichnete).

Schlaf und Ernährung hatten zur Folge, dass mir Brüste wuchsen, keine großen, aber doch kompakt genug, um als Busen durchzugehen. Diese Hinzufügungen zu mir sprossen so überraschend schnell, dass ich mich nicht gleich mit ihnen arrangieren konnte. Ich empfand sie als Fremdkörper an mir und sah verwundert, aber nicht unfreundlich auf sie herunter, wenn ich mich auszog und ankleidete.

Statt an diesen schnell sprießenden Tierchen burschikos herumzukneten, hieltest du eine männlich schützende Hand über sie, und das war eine schöne Tat.

Außer dem Busen hatte ich auch eine bestimmte Art von Augen bekommen, grün und katzenhaft, ebenso besondere Hände und sogar Nägel. Du sagtest nämlich, die Augen seien ganz speziell und die Hände auch, und du blicktest in diese Augen und hieltest diese Hände, während du das sagtest, und so nahm ich die Formen an, die zu meinem Bild wurden.

Das Gute an meinem Liebsten war nicht nur, dass ich meine Formen annahm und zu mir selbst zu werden begann, sondern auch, dass ich von mir wegdurfte, denn bis dahin war ich in den Zimmern in der Sjafnargata steckengeblieben. Sobald ich mir meiner selbst mit Händen und Augen bewusst war, bewegte ich mich hin zu dir und weg von mir, überall auf unseren Spaziergängen, und was von mir existierte, erhielt Konturen. Bis zu dir war ich ein Nebelkind, das in der Dreihundertsechzigquadratmeterlandschaft der Sjafnargata herumirrte.

Der Liebste gab mir nicht nur die süßen Katzenäuglein und irgendwelche Hände, sondern auch meinen Namen, Lí, ein Symbol aus östlichen Welten. Ich schaffte es, in meinem Symbol wiedergeboren zu werden, und das ist mein Kern, den niemand kennt, nicht einmal Mummi.

Ich fand keinen neuen Namen für dich, aber vielleicht doch, denn ich nannte dich immer beim Taufnamen, der so feierlich ist, dass er nicht einmal im *Morgenblatt* verwendet wird. So strikt waren die gegenseitige Rücksichtnahme und das Protokoll, in heiklen ebenso wie in unheiklen Angelegenheiten.

Mein Liebster hatte die protokollarischen Regeln für das Hallenbad ausgetüftelt. Mit Verzögerungstaktik unter der Dusche sorgte er dafür, dass ich ganz sicher vor ihm im Wasser war und mir die Peinlichkeit erspart blieb, am Beckenrand mit langem Rumpf und immer sichtbarer werdendem Busen seinen Blicken ausgesetzt zu sein.

Dann schwammen wir hin und zurück, manchmal tauchten wir, und wir hielten Händchen mit winzigen Küssen, aber du achtetest darauf, mich nicht an den Brüsten zu berühren und nicht einmal hinzuschielen, obwohl das an und für sich höchst willkommen gewesen wäre. Wenn wir unsere Bahnen gezogen hatten, legte sich ein Arm leicht um meine Taille, ein Küsschen wurde auf die Wange gehaucht (aber darauf geachtet, dass niemand das sah), und Worte wurden geflüstert: *Ich gehe jetzt raus.*

Und ich flüsterte zurück: Okay, aber ich glaube, ich schwimme noch eine Bahn.

Und du stiegst aus dem Wasser, und ich zog noch eine Bahn, und ich brauchte mich nicht vor deinen Augen verlegen am Beckenrand herumzudrücken.

Dieses Prozedere wurde von da an beibehalten. Wenn du den Arm um meine Taille legtest und mich auf die Wange küsstest, warst du im Begriff, aus dem Wasser zu steigen, doch immer hieltest du dich an das Protokoll und flüstertest es mir vorsichtshalber ins Ohr. Immer achtetest du streng darauf, alles richtig in Angriff zu nehmen, mich nie zu verschrecken, auf gar keinen Fall, indem du ohne Vorwarnung aus dem Wasser gestiegen wärst.

Bei langen Aufenthalten im Freien gegen Ende des Winters setzte mir DIE KÄLTE zu. Meine Jacke war nicht nur zu dünn, sondern auch viel zu klein für mich geworden. Sie reichte mir nur noch bis gerade über die Taille. Mein warmblütiger Liebster lieh mir manchmal Schal und Anorak.

An einem lausig kalten Märztag am Stadtteich reichte es dem Liebsten. Er verstieß sogar gegen eine Regel, denn es war zwischen uns nicht üblich, direkt über persönliche Angelegenheiten wie Anoraks zu reden.

Du brauchst einen anständigen Anorak.

Was?

Du sahst mich so ernst an, als wolltest du mir den Laufpass geben:

Du solltest deine Mutter um einen neuen Anorak bitten. Und möglichst auch um ordentliche Schuhe.

Doch nicht Ragnhild, rutschte es mir heraus.

Dann deinen Vater.

Auf diesen Vorschlag wusste ich nichts zu entgegnen.

Am nächsten Tag, in der Nähe des alten Friedhofs: Hast du deinen Vater um einen Anorak gebeten?

Ich habe ihn nicht getroffen, und heute ist das Wetter so gut.

Da wurdest du beinahe böse: Das Wetter wird nicht immer gut sein. Du solltest ihn das nächste Mal, wenn du ihn siehst, um einen Anorak bitten, oder ihn in der Arbeit anrufen.

Anrufen? Er weiß nicht, was Anoraks kosten, vielleicht liegt bei ihm gerade jemand im Sterben.

Unglücklicherweise hatten die Geschäfte noch auf, und du marschiertest unverzüglich ins Stadtzentrum. Wir gingen zu Faco, Geysir, Carnaby und zum Schluss ins Scout-Geschäft. Du übernahmst das Kommando.

Was kostet dieser Anorak? Und der da?

Nicht genug damit, dass du das Kommando übernahmst, du halfst mir auch in die Sachen hinein, die dir gefielen. Bei Faco und Carnaby gab es nichts Gescheites. «Nichtsnutziger Krempel» war dein Kommentar zu modischem Firlefanz.

Du wähltest einen blaugrauen Anorak mit Kapuze im Scout-Geschäft, weil er warm genug war und die Farbe angeblich gut zu den süßen Katzenäuglein passte.

Der Verkäufer bot an, ihn zurückzulegen. Er war in Uniform, und seit damals halte ich große Stücke auf die Pfadfinderbewegung. Ich versuchte sogar, meine Töchter zu Wichteln zu machen, aber die hatten andere Vorstellungen von Freizeitvergnügen.

Ich übte den ganzen Tag und lernte meine Rolle mit korrekten Betonungen auswendig:

Harald, ich muss ein bisschen betteln, meine alte Jacke ist mir zu klein geworden und hält nicht mehr warm.

Das ist ein Problem, was sagt Mama dazu?

Hm … ich habe aber ganz zufällig einen guten Anorak gesehen und ihn bis morgen zurücklegen lassen.

Den darfst du dir auf keinen Fall durch die Lappen gehen lassen. Was kostet er?

Und Harald geht zum Schreibtisch und holt das Geld.

Bitte schön, er wird dir hoffentlich gut zustattenkommen. Den Rest darfst du behalten.

Daraufhin lächelte er blitzartig. Das kam bei ihm vor, und für den Rest kaufte ich ein besonders wohlriechendes Shampoo, und Haarspray, damit ich die Haare besser toupieren konnte.

Alles bei mir und dem Liebsten war ERNST und wurde ernst genommen. Wir küssten uns nicht übermütig, sondern konzentriert, denn es musste richtig geküsst werden. Kein

Streicheln war leichtfertig oder lässig. Nichts zwischen uns war unüberlegt oder deplatziert, kein Wort, keine Miene. Wir gaben uns die allergrößte Mühe mit dem Beisammensein.

Ich mache Nachtschichten, um Sterbende zu pflegen, aber einem so tödlichen Ernst wie unserem, als wir Hand in Hand die Ægisíða entlangspazierten, begegne ich kaum je auf der Arbeit. Der Liebste nahm alles ernst, was ich sagte, alles wurde genauestens überdacht und bis ins kleinste Detail diskutiert. Alles Kleine wurde uns groß. Winzigste Nuancen in der Wortwahl konnten halbtägige Diskussionen mit dialektischem Einschlag auslösen.

Die Monate, die wir zusammen waren, gab ich mir nicht nur Mühe dir gegenüber, sondern auch mir selbst gegenüber. Man durfte es nicht auf die leichte Schulter nehmen, was für eine Duftnote das Shampoo hatte, denn der Liebste würde damit behaftet sein. Es war auch keineswegs belanglos, wie die Bluse gebügelt war, denn der Liebste würde unter unseligen Falten leiden. Irgendwo schlummerte die Vorstellung, dass ein Fleck oder eine Falte ihn mir abspenstig machen konnte. Als wir mit den Spaziergängen begannen, war es hin und wieder vorgekommen, dass ich kaputte Sachen anhatte. Ich schämte mich noch mehr, als diese Strophe aufkam, die durch sämtliche Poesiealben der Mädchen in meiner Klasse geisterte. Sie besagte, dass ein Mädchen in löchrigen Sachen keinen Jungen abbekommt.

WIR KONNTEN UNS VORSTELLEN, AN VIELEN STELLEN ZUSAMMENZULEBEN in diesem Frühjahr, du und ich, vor allem in einer Souterrainwohnung am Kvisthagi. Da konnte man aus zwei Zimmern in den Garten mit den Tannenbäumen gelangen und von dort durchs Gartentörchen direkt auf den Pfad, der zu unserem Meer aus dem Fischkonzert führte. Dorthin, von wo aus Björn und Álfgrímur zum Fischen hinausruderten. Álfgrímur wollte, wenn er groß wäre, genau wie sein Großvater einen kleinen Jungen finden, der mit ihm Seehasen fischte, wenn es den Frühling noch gar nicht gab, höchstens in Gottes Sinn oder dem von ungeborenen Kindern.

Wir versetzten uns in Gedanken in eine Dachwohnung in der Blómvallagata hinein, wo der Friedhof uns zu Füßen lag, in dem im Sommer luftig gekleidete Mädchen die Wohnstätten von unbescholtenen Menschen pflegen, zu denen wir Toten gemacht werden.

Wir versetzten uns in Gedanken in das ein oder andere Holzhaus hinein, meist in ein zweistöckiges. Unser Haus an der Njálsgata war schmal und hatte ein strahlend blaues Dach, in der Schattierung eines sich herabsenkenden Abendhimmels im Süden. Ein einziger Baum füllte den Garten so aus, dass man aus Fenstern zu drei Seiten keine Aussicht hatte. Ich hätte liebend gern mit dir in diesem Haus gewohnt und im Sommer nichts als Blätterwände vor den Fenstern gesehen.

Wir waren allein in diesen Häusern, da war kein Kind bei uns. Dazu würde es entweder nie kommen oder auf keinen Fall bald. Irgendwo in einem geheimen Seelenversteck gab es aber einen großen, schmalen Jungen mit so hellem Haar, dass es eigentlich phosphoreszierte. Er hatte schöne Augen und glich seinem Vater glücklicherweise mehr als mir.

Zu Beginn der neuen Zeit gehen wir durch die Straßen, die immer noch dieselben Namen tragen – hoffentlich noch so lange, bis unsere Schatten sich zu legen beginnen. Dann können wir Seite an Seite weitergehen, um die Ecke vom Spitalstieg zur Bergstaðastræti herum – bis ganz in die Nacht hinein.

Auf den neuen Spaziergängen will ich dich auf eine Straße führen, die ich immer vermieden habe, die Grettisgata. Das entging dir nicht, und du fragtest: Warum, und ich sagte, darum, und du sagtest: Das ist keine Antwort, und ich antwortete nicht.

Am Tag nach den fünf Pfannkuchen und zwei Tassen mit heißer Schokolade bei Nellí in der Grettisgata machte ich die Runde durch Grünen Salon, Esszimmer und Bücherzimmer und suchte eine Vase für Nellí aus, damit sie nicht mehr Marmeladengläser für ihre Blumen verwenden musste. Ich nahm die kleine veilchenblaue aus dem Bücherzimmer. Sie war bauchig, hatte einen engen Hals und weitete sich dann wieder – unwahrscheinlich, dass Das Ehepaar sie vermissen würde, denn für Sicherheitsnadeln und Gummibänder kam sie eigentlich nicht in Frage.

Ich verstaute die Vase in meinem Schulranzen und begab mich auf eine Expedition. Nellí hatte sich zwar Besuche verbeten, weil sie in dieser Woche nicht zu Hause sein würde, aber ich war mir ziemlich sicher, sie noch zu erwischen, wenn ich mich sofort auf den Weg machte.

In Nellís Hinterhof sausten lärmende Drosseln hin und her. Diese Hektik bei den Vögeln war abstoßend, und ich wäre am liebsten geflüchtet. Aber ich kämpfte mich bis zur Haustür vor, angestrengt keuchend, obwohl ich mich nicht beeilt hatte.

Nellís blaukarierte Gardinen waren zugezogen. Ich klopfte trotzdem an, sogar zweimal, und blieb zögernd vor der schiefen Eingangstür stehen. Die Drosseln ließen sich plötzlich auf der Wäscheleine nieder und zwitscherten immer noch so laut, dass mir der Kopf zu platzen drohte.

Da die Gardinen zugezogen waren und niemand zur Tür kam, musste Nellí wohl weg sein. Hoffentlich hatte sie nicht vergessen abzuschließen. Ich fasste an die Klinke, um das zu kontrollieren. Die Tür gab nach, und in das Dämmerlicht drinnen fiel eine schmale Ritze Licht.

Ich bekam es mit der Angst und schloss die Tür gleich wieder. Meine Füße gehorchten mir nicht, als ich ihnen befahl wegzulaufen, deswegen stand ich weiter vor der Tür herum.

Ich hatte einen seltsamen Geruch wahrgenommen. Vielleicht war eine Katze eingedrungen und hatte drinnen ihr Geschäft verrichtet. In dem Fall musste geputzt werden, und außer mir war niemand da, der das tun konnte. Nellí konnte auch mit Darmverschlingung daniederliegen, falls sie wieder einmal Gras gefressen hatte, und völlig hilflos sein, diese *Alleinstehende.* Ich wusste, dass sie das war, denn Halla im Milchladen hatte den Kindern die Leviten gelesen, weil sie ihren Spott mit dieser alleinstehenden Frau trieben. Niemand würde nach ihr sehen, wenn ich es nicht täte, denn Dór hatte man weggeholt.

Einen Augenblick dachte ich daran, Halla zu Hilfe zu holen. Aber das war natürlich Blödsinn, wie Mummi gesagt hätte, Blödsinn, als ich darüber nachdachte. Halla konnte doch nicht den Laden unbeaufsichtigt zurücklassen.

Ich weiß nicht, wie lange ich wie angewurzelt vor Nellís Tür stand. Schließlich beschimpfte ich mich lauthals und fauchte: Willst du hier vielleicht den ganzen Tag einfach nur herumhängen, du dummes Ding!

Ich stieß die Tür auf und trat über die Schwelle. Ganz hinten im Zimmer, in der Ecke, wo der Herd stand, hing etwas Großes von der Decke herunter. Ich musste bei dem dämmrigen Licht eine ganze Weile hinstarren, um zu erkennen, was das war. Eine Riesenpuppe in Nellís Sonntagskleid.

Ich knallte die Tür hinter mir zu und rannte in Richtung Sjafnargata. Ich war schon fast dort, aber dann änderte ich plötzlich die Richtung und lief geradewegs zum Milchladen. Das Ehepaar wäre nämlich keine Hilfe gewesen, selbst wenn die beiden zu Hause gewesen wären.

Bei Halla sprudelte es aus mir heraus, dass ich nichts kaufen wollte, aber man müsste vielleicht die Polizei anrufen, denn irgendwelche gemeinen Kinder, darunter bestimmt Lísa, wären bei der alleinstehenden Nellí in der Grettisgata eingebrochen und hätten einer riesengroßen Puppe Nellís Sonntagskleid angezogen und sie an die Decke gehängt, um Nellí zu erschrecken, wenn sie zurückkäme.

Halla sah mich streng an.

Danke, dass du mir Bescheid gesagt hast, sagte sie.

Sie gab mir ein Stückchen Blätterteiggebäck und bat mich, schleunigst nach Hause zu laufen, damit meine Mama sich nicht meinetwegen beunruhigen müsste.

Meinetwegen beunruhigt sie sich nie.

Darauf entgegnete Halla nichts. Sie, sonst immer die Ruhe in Person, war auf einmal etwas hektisch. Ich verzog mich mit meiner Beute und fand es ein bisschen schade, dass ich mich an dem Tag gar nicht mit ihr unterhalten konnte.

Am nächsten Tag behaupteten die Kinder in der Schule, dass Nellí tot war. Sie hätte sich erhängt.

Ich sagte ihnen, sie sollten mit dem Blödsinn aufhören, da hätte eine Puppe in ihrem Kleid gesteckt. Nellí sei aufs Land gefahren.

Aber die Kinder waren hässlich und gemein, und Lísa nannte Nellí Hängedrossel statt Schnapsdrossel. Ich fing an zu weinen und sagte, ihr gemeinen Biester. Lísa trällerte aufreizend und bedrohlich, selber Biest, selber Biest und zeigte mit dem Finger auf mich, und dann trat mich jemand, und ich fiel hin. Noch mehr Kinder traten nach mir und trafen mich überall, auch am Kopf und im Bauch.

Kurze Zeit später erschien ein Nachruf in der Zeitung auf eine Frau, die *Nellí Rósa Hjartardóttir* hieß. Die Kinder behaupteten, das sei Nellí in der Grettisgata. Das stimmte natürlich nicht, denn die hieß bloß Nellí und nicht Nellí Rósa. In dem Artikel stand auch, dass die Verstorbene eine Arme Schluckerin gewesen sei, das passte ebenfalls nicht zu Nellí. Sie war eine Alleinstehende.

Wer von euch ohne Sünde ist, werfe den ersten Stein, stand auch in diesem Nachruf. Konnte es sein, dass irgendwelche gemeinen Kinder diese Nellí Rósa, die gestorben war, mit Steinen beworfen hatten, genau wie die Nellí, die ich kannte?

Ich stellte eine Liste von Hauptsünden zusammen und hängte sie bei mir an die Wand.

HAUPTSÜNDE Nr. 1: *Zopfdiebstahl*
HAUPTSÜNDE Nr. 2: *doppelte Arbeit*
HAUPTSÜNDE Nr. 3: *Steinewerfen auf diese Alleinstehende und auch auf die Arme Schluckerin*

Ich klopfte nie wieder am Hinterhaus in der Grettisgata an, das keine Behausung für Menschen war, sondern für Ratten. Fest stand, dass Nellí nicht von ihrer Reise zurückkehren würde. Sie hatte mir das bloß nicht sagen wollen, um mich nicht traurig zu machen. Möglicherweise hatte sie es sich aber auch einfach anders überlegt, nachdem sie in diesem Fjord angelangt war – sie hatte sich vielleicht spontan entschlossen, dort zu bleiben, obwohl das ursprünglich nicht ihre Absicht gewesen war. Das war sogar sehr wahrscheinlich, denn sonst hätte sie ja ihr Sonntagskleid mitgenommen.

Fest stand jedenfalls, dass Nellí ihre Meinung geändert hatte; wie sie selber sagte, es war vorbei. In Erwachsenenbüchern hatte ich über ähnliche Fälle gelesen. Es handelte sich ganz bestimmt um ein sogenanntes neues Leben, das sie jetzt begonnen hatte. Vielleicht war ihr mit Hilfe des Herings eine gute Reinkarnation widerfahren, und sie war glücklicher als irgendetwas aus Büchern, weil die pummelige Tochter, die kleine Dór, wieder bei ihr war, mit Zöpfen, die das Exil überlebt hatten.

Es lag klar auf der Hand, dass Nellí Akkord-Königin in ihrem Fjord werden würde, wo sie sich doch so gut mit doppelter Arbeit auskannte. Nach der ersten Lohnauszahlung würde sie als Erstes ein größeres Bett und eine große Daunendecke für Dór kaufen, die natürlich während der Abwesenheit gewachsen war. Damit nicht genug, Nellí würde ihr Kind auch jeden Abend zudecken und in den Schlaf singen, obwohl man so etwas eigentlich eher bei Säuglingen machte.

Dór war sehr begütert bei ihrer Mutter in dem grünen Haus. Außer dem neuen Bett und der neuen Decke und der blau bezogenen Schachtel mit ihrem gestickten Namen, DÓR, besaß sie unter anderem dreiundvierzig Kinderbücher, und zwar alle mit Einband, zwei ausgestopfte Regenbrachvögel, ein neues Fahrrad und einen Goldfisch in der Farbe von etlichen changierenden Nagellacken.

Ich konnte nicht umhin, sie zu beneiden, vor allem um die Regenbrachvögel, und deswegen war ich teilweise manchmal richtig sauer auf sie. Dann wurde gebrummelt: *Dór Por Spinkelrohr* und andere hässliche Dinge, sodass man nachher Gott um Verzeihung bitten musste. Aber egal ob er verzieh – kein richtig braves Mädchen würde Por Spinkelrohr über ein anderes Kind sagen, das einstmals seiner Mutter so gründlich weggenommen worden war, dass sogar sein Bett einkassiert wurde.

Ich sehnte mich nach einer Freundin. Es war mein Glück, dass ich Dór hatte, obgleich die Entfernung zwischen uns groß war. (Es hatte sich wie von selbst ergeben, dass Mummi und ich keine Freunde besaßen; Kinder verstehen sich darauf, keine Freunde zu haben, wenn es nicht geht.) Dór folgte mir, unveränderlich, jahraus, jahrein und lauschte geduldig, wenn ich ins Telefon plapperte.

Ja, mir war zwar klar, dass sie es manchmal in dem kleinen grünen Haus bei ihrer Mutter beengt fand, Wohnzimmer, Schlafzimmer, Küche und natürlich der Speicher, aber schön war es bestimmt, im gleichen Zimmer wie die Mutter schlafen zu dürfen.

Sie hatte aber das Glück, dass in zwei Zimmern und Küche viel weniger die Gefahr doppelter Arbeit bestand als in acht Zimmern und Küche. Plus Badezimmer und Toilette. Sie brauchte nicht zu glauben, dass es eitel Freude und Sonnenschein war, eine Badewanne zu haben, denn es dauerte lange, so eine riesige Wanne mit Scheuerpulver zu schrubben, wenn man es ordentlich machen wollte, die Wasserhähne mussten glänzen, hinzu kamen noch zwei große Waschbecken, und zum Schluss taten einem die Hände weh. Und wäre da nicht diese schreckliche Badewanne gewesen, hätte man eher Zeit gehabt, um *Mama versteht alles* zu lesen, oder etwas über Glück, aber darüber stünde wohl eher etwas in den Erwachsenenbüchern.

Ich sagte meiner Freundin, sie solle nicht traurig darüber sein, dass sie ein Einzelkind war. Es sei nämlich ziemlich zeitraubend, morgens etwas zum Anziehen für den kleinen Bruder zu finden, bevor man in die Schule ging; vor allem bei kaltem Wetter, dann mussten Gamaschen her, und Fäustlinge durften auf keinen Fall fehlen, denn sonst bekäme er auf dem Weg zum Kindergarten kalte Finger und finge an zu brüllen, und die Frauen würden einen immer so schief angucken, dass man auf dem Weg zur Schule selber anfinge zu heulen, und man bekäme vielleicht auch selber eiskalte Finger, obwohl man schon so groß war.

Dór war häufig krank, wenn ich mit ihr telefonierte. Dann war ihre Mutter noch aufmerksamer zu ihr als sonst. Die Wäsche im neuen Bett wurde sogar außerhalb der Reihe gewechselt, wenn Dór liegen bleiben musste, was erstaunlich oft vorkam. Auf der anderen Seite ging es aber beim Heringeinsalzen hoch her, es pressierte nämlich enorm, den Hering vor dem Vergammeln zu bewahren und möglichst viel Geld zu verdienen, deswegen konnte Nellí sich nicht freinehmen, auch wenn Dór daniederlag. Aber sie schaffte es meistens, in der Mittagspause nach Hause zu laufen und ihrem kranken Mädchen Cremeschokolade und Malzbier zu bringen.

Seltsamerweise schickte mich der Liebste auch einmal ins Bett, als ich seiner Meinung nach Fieber hatte, und zwar justament mit Cremeschokolade und Malzbier. Das kam so unerwartet für mich, dass ich mich verplapperte und Dór erwähnte. Ich flunkerte mich schleunigst wieder aus diesem brenzligen Thema heraus, bass erstaunt, wie rasant mir Lügen über die Lippen kamen. Bis dahin war ich ohne diese Eigenschaft ausgekommen. Ein Sjafnargata-Kind brauchte nicht zu lügen; kein Erwachsener achtete auf das, was es sagte, ob wahr oder erlogen.

Ich weiß inzwischen, wer sie ist, diese Tochter von Nellí. Sie ist mit einem Tschechen verheiratet, der Cello spielt, mein Lieblingsinstrument, ich weiß, dass die beiden sich genau an dem Ort meiner Träume niederließen, in einem Haus mit einem Lavagarten in Hafnarfjörður. Dort habe ich noch etwas zu erledigen, und jetzt drängt die Zeit; ich muss Dór von ihrer Mutter erzählen, die in der Grettisgata ein Fest für mich veranstaltete und mir die Wange streichelte; ich muss etwas über die Schachtel mit dem Namen aus nachtblauem Garn erfahren, denn ihre Mutter hatte ihn bestimmt noch fertig gestickt, bevor sie starb. Die Vorstellung, dass diese Schachtel nie in die Hände des Kindes mit den Zöpfen gelangt sein könnte, machte mir manchmal zu schaffen.

Als mit einem Liebsten der *Ernst des Lebens* begann, hörte ich auf, mit Dór zu sprechen. Trotzdem schrieb ich ihr, als ich mit dem Liebsten Schluss gemacht hatte, den Brief, der sich immer noch in meinem alten Schreibtisch befindet.

DÓR HARALDSDÓTTIR
GRÜNES HAUS
SIGLUFJÖRÐUR
ÍSLAND

Liebe Dór,
wir sind wohl im gleichen Alter, und ich hoffe, dass Du inzwischen einen Freund hast, auch wenn ich keinen mehr habe. Ich habe eines Tages im Café Mokka Schluss mit ihm gemacht.
Ich mache mir Sorgen, wie ich aus der Sjafnargata wegkommen soll, jetzt, wo er nicht mehr da ist, um mich von dort wegzuholen.
Nun ist es mir vielleicht bestimmt, tot in irgendeinem Zimmer gefunden zu werden, und es könnte eine Weile dauern, gefunden zu werden, aber das sollte ich bestimmt nicht laut sagen.
Ich wünsche Dir alles Gute, und ich glaube fest an Dein Glück.
Mein eigenes habe ich von mir gestoßen, und ich werde in künftigen Zeiten wohl kaum darüber stolpern.
In alter Freundschaft
Deine Lí

Du schwiegst, als ich die Worte im Mokka ausgesprochen hatte. Ich sah dich nicht an und habe deshalb nie erfahren, wie du darauf reagiertest. Du trankst deinen Kaffee nicht aus. Ich blickte auf, als du die Tür öffnetest, und sah dir nach. Als ich dich das nächste Mal sah, war es deine Rückansicht auf dem Spitalstieg, mit dem schlingernden Schatten, so nah, dass ich beinahe seinen Rand überfuhr.

Du gingst fort, und ich wandelte manchmal auf unseren Spuren in der hochsommerlichen Stadt, die leer war, weil du fort warst, und es war gerade mal so warm, dass ich alle Tage den blaugrauen Anorak aus dem Scout-Geschäft trug, den du so fürsorglich und entschlossen für mich ausgesucht hattest wie ein grauhaariger Liebster. Und jetzt bist du nicht nur grauhaarig, sondern für immer zurückgekommen, mit einer orangefarbenen Betonmischtrommel, die sich in deinem Garten niedergelassen hat.

Erst machtest du eine kurze, dann eine lange Reise. Du erfuhrst nie etwas über DAS NACHSPIEL, das Nachspiel mit meinen Töchtern im Skipasund und in Kopenhagen, endlose Spätwintermonate in der Ehe, Nachtschichten auf Krankenstationen, die Scheidung, und du erfuhrst nichts über das Leben Nummer zwei in der Sjafnargata mit fortwährenden Zimmerrenovierungen, mit Mummi und seinen Freunden und Ragnhild. Du kanntest mich trotzdem zu allen Zeiten, weil du nichts vergaßest – das Kennen beruht darauf, nichts zu vergessen. Und nichts über eine Person zu erfahren, nachdem sie unkenntlich geworden ist.

Wir kennen uns ganz, vollständig, du und ich
wie die allein
die sich nie mehr trafen

Stunden- und jahrzehntelang.
Wie die allein,
die nicht auf der Stelle
alles vergaßen
und nichts wussten

von Nachspiel
und Nachspiel.

Innerlich war ich davon überzeugt, dass es keinen Ausweg aus der Sjafnargata mehr gab, dass ich mal schneller, mal langsamer durch die Zimmer irren würde, bis man mich tot oder im Koma auf irgendeinem Fußboden fände. Deswegen war ich die erste Zeit im Skipasund irgendwie durcheinander, ich hatte das Gefühl, als sei ich von mir selbst weggezogen.

Es heißt, dass Frauen sich die Männer aussuchen, aber in meinem Fall traf das nicht zu. Der Vater meiner Töchter wollte mich unbedingt haben, und ich war irgendwie so benommen, dass ich es über mich ergehen ließ. Irgendjemand musste mich ja auch aus der Sjafnargata herausholen. Ob er oder irgendein anderer, war egal, und wozu warten. Ich war auch schon achtzehn.

Ein guter Mann, glaube ich. Zumindest ein guter Vater. Im lethargischen Dämmer der Tage ermahnte ich mich manchmal, dankbar zu sein, anderes war ja eigentlich belanglos.

Ich ging schläfrig durch die Zeit mit diesem Mann, auch schon bevor ich die Nachtschichten übernahm, vorwärtsgeschleift von meinen lächelnden kleinen Töchtern, und es machte Spaß, wie sie sich ausdrückten, wie sie die Arme um den Hals der Mutter schlangen. Da war eine verborgene Freude in mir, ihnen etwas geben zu können, was ich selbst nicht direkt besessen hatte, dass ich wirklich ihre Mutter sein konnte.

Im Skipasund war das Elternhaus des Mannes. Seine Mutter zog ins Souterrain, als ich kam, damit sich das junge Paar in der oberen Etage ausbreiten konnte, mit einem Glasschrank im Wohnzimmer, mit Plüschsofa und einer großen Stehlampe. Ich übernahm die Keramikvögel im Glasschrank und fand einen Überwurf für das Sofa. Ich betrachtete das Wohnzimmer als mein Zimmer und nistete mich auf dem Sofa ein. Dort wurde David Copperfield gelesen, Schuld und Sühne, Die Nesseln blühen, Weltlicht, Die Steine reden, Gösta Berling, Am Gletscher, und zwischendurch lehnte ich mich mit den Kreuzstichkissen unter dem Kopf zurück, auch schon bevor ich schwanger wurde.

Die Mutter im Keller kochte jeden zweiten Tag für uns, räumte manchmal bei uns auf und übernahm etwas von der Wäsche. Ich war so fasziniert von diesem ungewöhnlichen Verhalten einer Mutter, dass ich das Zusammenleben mit dem Sohn im Grunde genommen zunächst gar nicht mitbekam. Es dauerte aber nicht lange, bis mich jegliche Art von Fürsorge auf die Palme brachte. Manchmal rannte ich aus dem Haus und raste wie wild geworden kreuz und quer durch das Viertel und schwitzte. Ging anschließend ins Schwimmbad und in die Sauna und schwitzte noch mehr.

Der Vater meiner Töchter kaufte meist zum Essen ein und kochte manchmal. Er kümmerte sich nicht weniger um den Haushalt als ich. Wenn Mummi mit einer Rose oder sonst einer Kleinigkeit zu seiner Schwester kam, machte der Mann sich unverzüglich nützlich, kaum hatte er die Schwelle überschritten. Meist kochte er etwas Kompliziertes, und zwar so reichlich, dass die wunderbaren Reste für viele Tage reichten. Ich fing an, ihn die Küchenfee zu nennen.

Es kam mir so vor, als hätte sich ein ganzes Heer von Heinzelmännchen um mich geschart, das mir die Scherereien des täglichen Lebens erleichterte und mich für die Ar-

beit entschädigte, die ich mir zeit meines Lebens in all den Zimmern gemacht hatte, ganz abgesehen von Mummi und der Wäsche.

Diese veränderten Umstände im Skipasund bewirkten, dass ich nachlässig und anspruchsvoll wurde. Menschen wie ich sind offensichtlich nicht robust genug, um gute Tage zu verkraften, sie entwickeln ein Gespür dafür, sich vor Aufgaben zu drücken. Ich stand beispielsweise nicht vom Esstisch auf, wenn ich einmal dort Platz genommen hatte. Als meine Töchter selbständiger wurden, ließ ich es mir angelegen sein, sie so wenig wie möglich zu verwöhnen. Es stellte sich heraus, dass ihnen das guttat, obwohl es nicht so gedacht war.

Skipasund war weit weg von den Erinnerungen, und das war das Beste daran. Erinnerungen an diesen östlichen Teil der Stadt hatte ich keine – schon gar nicht von Spaziergängen mit dir, denn die hatten immer durch Innen- und Weststadtgefilde geführt. Dieser ganze Stadtteil am Sund mit der Insel Viðey und dem Hausberg Esja und der psychiatrischen Klinik war wie die Schattenseite des Mondes. Es war angenehm für mich, eine unbekannte Frau auf unbekannten Straßen zu sein, geschützt vor dem schlimmsten Nordwind. Und die Insel Viðey direkt vor der Küste, mit einem alten Prachthaus, das durch viele verwahrloste Fenster zum Land hinübersah. Ich träumte mich häufig nach Viðey hinüber. Zu der Zeit gab es keine Bootsverbindung zur Insel, aber im Traum kommt man problemlos an sein Ziel.

Das Stadtzentrum vermied ich am liebsten. Wenn ich dort etwas zu erledigen hatte, wurde mir seltsam zumute wegen neuerlicher Nähe zu den glücklichen Stunden mit dem Liebsten, draußen auf der Straße, als es einmal war. Dort war ich immer noch jung, und ich fand es traurig, dass es mir nicht mehr zuteil werden würde, den Liebsten auf den alten Spazierwegen zu sehen, denn du warst endgültig fort (doch noch nicht mit Signora Lúkasson verheiratet), und ich wusste aus sicherer Quelle, dass du nicht einmal im Sommer nach Island kamst. Die Eltern tot, das Haus an der Schulstraße verkauft. Das Sommerhaus in Fljótshlíð gehörte dir aber immer noch, und ich fand es gut, das zu wissen.

Als Unnur und Ása klein waren, machte es mich glücklich zu sehen, dass ihnen aus allen Ecken und Winkeln Liebe entgegengebracht wurde. Was ihr Vater und ich zu wünschen übrigließen, bekamen sie von ihrer Großmutter väterlicherseits, oder sogar von Harald, und dann war da auch noch Mummi.

Zu sehen, wie mein Bruder mit Unnur und Ása umging. Wie er sich in einen väterlichen Hampelmann verwandelte, wie sehr sie ihn mochten, war mein größter Bruchteil vom Glück. Meine Töchter verhielten sich anderen gegenüber eher wohl erzogen, aber beim Spielen mit Mummi gerieten sie außer Rand und Band. Sie fanden es selbstverständlich, ihn zu knuffen und zu knuddeln wie eine große Puppe, so rabiat, dass er blaue Flecken und Kratzer abbekam.

Nie sah ich meinen Bruder so von Herzen fröhlich wie in Skipasund mit Unnur und Ása. Mein Glück, diese gute Tat tun zu können – Kinder für meinen Bruder in die Welt zu setzen, der selber keine bekommen würde. Unnur war ihm sogar ähnlich, mit braunen Augen und sanften Zügen, und er war so stolz, als hätte er direkten Anteil an ihr.

Um die Zeit, als ich aus der Sjafnargata auszog, war Mummi sich darüber klar geworden, dass er sich für Jungs interessierte. Zu seinem eigenen Entsetzen und nicht weniger dem der Mädchen hatte er es zunächst pflichtschuldigst mit einigen braven Mädchen versucht. Als sich die Linien bei Mummi endlich abzeichneten, dachte ich, dass Ragnhild entgegen ihrer Gewohnheit eine Reaktion zeigen würde, aber ich hatte sie natürlich falsch eingeschätzt.

In der Regel ist es ein schwerer Schlag für Mütter, wenn ein Sohn «vor die Schwulen geht», wie Mummi es ausdrückte, und erst recht, wenn es sich um den einzigen Sohn handelt. Mütter setzen alles daran, das zu verdrängen, und wiegen sich sogar in irgendwelchen Hoffnungen, diese sodomitische Anwandlung werde vorübergehen. Der Sohn müsste doch irgendeine Frau finden können wie andere Männer auch, und seine Mutter zur Großmutter machen. Genau wie andere Mütter nehmen sie anscheinend die Enkelkinder, die den Rippen ihrer Töchter entspringen, nicht für voll, denn der sehnlichste Wunsch richtet sich auf einen Sohnessohn. Ersatzweise eine Sohnestochter.

Ragnhild hingegen hat eine klinische Einstellung zur Homosexualität, die sich auch nicht ändert, wenn der einzige Sohn betroffen ist. Sie diskutiert das von der Statistik und den Gepflogenheiten her und setzt den prozentualen Anteil von Schwulen fest. Soweit man weiß, fügt sie ganz betont hinzu, soweit man weiß, und dann geht der Monolog los und nimmt seinen Lauf:

Phänomen seit Urzeiten bekannt, und mancherorts völlig legitim und selbstverständlich, bei den alten Griechen natürlich – andernorts große Vorurteile, beispielsweise auf den Färöer-Inseln, wo sie *Mehlsäcke* genannt werden, ganz zu schweigen von den Vorurteilen in Russland und China, die an Verfolgungswahn grenzen. Und seht euch doch bloß die isländischen Sagas an und all diese Spottstrophen über einen Mann mit einem Mann. In vielen Ländern ist Homosexualität schlichtweg illegal, nicht zu fass-ssen, zisch zisch, o-sso beim Einatmen. Ragnhild ist erhaben über Privates und Persönliches, auch darüber, dass ihr schwuler Sohn unglücklich ist, falls sie es denn überhaupt wahrnimmt.

Ich hatte gehofft, er würde ein extrovertierter schriller Schwuler werden und entsprechend Furore in der Stadt machen, oder einfach ein normaler Schwuler der kultivierten und amüsanten Sorte, aber er ist leider ein ziemlich verklemmter Homosexueller, der sich unter eingefleischten Lesben und alten Frauen am wohlsten fühlt.

Ich werde den Gedanken nicht los, dass Mummis Schwulsein etwas mit Ragnhild zu tun hat. Dass es in seinen jungen Jahren einen seltsamen Einfluss auf ihn hatte, als Ragnhild aufhörte zu arbeiten und sich ihm zuwandte – ihm abends vorlas und sich anbot, ihm die Haare zu waschen. Womöglich verunsicherte sie ihn mit diesen Anwandlungen so, dass er sich nicht zu anderen Frauen hingezogen fühlen mochte. Es wirkte geradezu, als sei genau die Person, von der man es am wenigsten erwartet hätte, Anlass und Grund für das, was folgte, obwohl diese Person auch nie auch nur den kleinsten Finger rührte, um sich einzumischen. Inzwischen bin ich eigentlich davon überzeugt, dass Teilnahmslosigkeit durchaus Entwicklungen in die Wege leitet, und zwar wesentlich effektiver, als es Einmischerei tun würde.

Ragnhild hörte nach langwierigen Séancen an drei aufeinanderfolgenden Abenden im Grünen Salon auf zu arbeiten. Die Sitzungen zogen sich bis nach Mitternacht hin, und ich konnte vor lauter Stimmen von gestorbenen Kindern – bis hin zu lallenden Säuglingen – kein Auge zutun. Am vierten Abend kam der Psychiater, der gute Jónas.

Ich saß auf der Existenztreppe und hörte das Gespräch in der Küche, jedes ph und das leise Zischen beim Luftholen, o-sso. Daraus wurde eine unserer Hauptnummern, als Mummi und ich ins Teenageralter kamen. Mummi spielte Ragnhild mit erstklassigem Zischen, und ich versuchte mich an Jónas' exquisit schleppendem Tonfall.

Ich überlegte oft, ob ich meinem Liebsten zum Spaß diese

Nummer vorführen sollte. Aber das hätte natürlich viel zu nahe an das Schweigen um die Sjafnargata herangeführt. Nicht möglich.

Du gewöhnst dich nicht daran, kranke Kinder zu sehen, sagte Jónas, der gute Psychiater.

Ph.

Ich glaube, du verkraftest es nicht, wenn sie sterben, sagte er.

Ph.

Ich glaube, du hast es nie verkraften können.

Da brach sie in Tränen aus, das erste und einzige Mal, soweit ich wusste.

Ganz ruhig, sagte Jónas. Jetzt hörst du einfach auf zu arbeiten, oder du lässt dich als praktische Ärztin nieder und fängst ein neues Leben an.

Ein neues Leben, schluchzte Ragnhild, nein, da wär's doch besser, wenn einen gleich der Schlag träfe.

Sag das nicht, meine liebe Ragnhild, es besteht großer Bedarf an praktischen Ärzten.

Es besteht Bedarf an mir auf der Station. Ich bin doch nicht pensionsreif. Ich kann nicht gleich aufhören zu arbeiten.

Zum Glück sind inzwischen einige neue Kinderärzte vom Studium im Ausland zurückgekommen.

Aber die verstehen sich nicht so gut auf die Diagnose wie ich. Und das kann tödlich sein, eine falsche Diagnose.

Und wer soll diagnostizieren, wenn du tot bist, meine liebe Ragnhild?

Pahh, sagte sie, und ich hörte ein gewaltiges Schnäuzen, wusste aber nicht, von wem dieser Laut stammte.

Kurz darauf setzte Ragnhild das Hausmedium vor die Tür, und ihre Ansichten über jenseitige Welten und den zuständigen Hausherrn änderten sich rasant – sowieso ein uninteressanter Ort, sterbenslangweilig, und Gott der Allmächtige keineswegs über Kritik erhaben. Früher ging es ihr darum, sich gut mit ihm zu stellen und ihn sogar bei Séancen mit einzubeziehen. Nun hatte sie ihre Zweifel daran, was er mit diesem oder jenem bezweckte. Das ging so weit, dass sie hinzufügte: Falls es ihn denn gibt.

Gott steh dir bei, Mama, sagte Harald daraufhin.

Man muss Ragnhild zugutehalten, dass sie auch mit zunehmendem Alter nicht weich wurde, sie reitet noch immer heftige Attacken gegen Gott den Allmächtigen, den sie immer häufiger den höchsssten Gebieter nennt, mit Zischen.

Vor allem der Einstellung Gottes zu Kindern steht sie außerordentlich kritisch gegenüber, nicht zuletzt zu Kindern der Dritten Welt. Sie findet es unter Gottes Würde, wie er die Angelegenheiten der Kinder handhabt.

Generell sind Leiden von Erwachsenen in ihren Augen belanglos im Vergleich zu den Leiden von Kindern – das ist eine von Ragnhilds ANSICHTEN, und diese ANSICHT wird Bestand haben, solange sie die Nacht zum Tage macht und in Haralds kariertem Hausmantel am Küchentisch sitzt, in der Küche, die ich wiedererstehen ließ, mit einer Poggenpohl-Einrichtung und grauem italienischem Marmor auf dem Boden.

Nicht nur im Hinblick auf Gott wurden Ragnhilds Ansichten im Lauf der Zeit immer kritischer, sondern auch im Hinblick auf Zeit und Raum. *Unzeit* und *Unland* war eine vielverwendete Wortkombination, vor allem im Hinblick auf Kinder in Zeit und Raum. Kettenrauchend hielt sie Harald in der Küche und am Telefon dem guten Jónas und diversen arglosen Frauen Vorträge über das Schicksal von Kindern, die in tiefster Armut in Afrika, Indien, Sowjetrussland zur Welt kommen, genau wie früher in Island zu Zeiten tiefster

Bedrängnis und höchster Kindersterblichkeit. Ein Kind in Zeiten von Luftangriffen zu sein, oder während der Belagerung von Leningrad, ein Judenkind zu Zeiten des Holocaust oder in Hiroshima zu Zeiten der Bombe, ein Zigeunerkind.

Ragnhild stellte daraus eine Litanei zusammen, die sie vorwärts und rückwärts und rückwärts und vorwärts deklamierte, in Variationen und meistens in der Küche. Sie fand immer wieder neue Gruppen von Kindern in neuen Ländern, die aus einer unverzeihlich misslichen Fügung des Schicksals heraus zu Unzeiten geboren wurden, zu Kriegszeiten oder zu Zeiten von Völkermord und Armut.

Niemand kann seinen Geburtsort und seine Geburtsstunde bestimmen, das war eins von Ragnhilds zentralen Themen. Für sie wurde dadurch das Leben, vor allem aber das Leben von Kindern zu einer unerträglichen Ungeheuerlichkeit.

Ragnhild fand es geradezu unmoralisch, seinen Blick zu sehr auf positive Aspekte zu richten, wo doch die negativen Aspekte so viel dominanter waren. Optimismus war das Idiotischste, was sie kannte, dümmer als die Dummheit persönlich. Zur Bekräftigung zitierte sie aus Voltaires Candide, sowohl auf Französisch als auch in Halldór Laxness' Übersetzung. Anschließend fragte sie immer wieder, wie es möglich sei, den Blick auf positive Aspekte zu richten, wenn die Kinder dieser Welt durch Hunger und Krankheiten zuhauf dahingerafft würden, obwohl es Essen und Medikamente im Überfluss gab, aber sie dorthin zu transportieren, wo sie benötigt wurden, das sei wohl zu viel verlangt von den Menschen, gar nicht zu reden von Gott, und die Kinder seien ja schließlich nicht imstande, sich zu helfen.

Nein, ein erwachsener Mensch hat lange Beine, die ihn dahin tragen können, wo er hinwill, und er kann anderen Erwachsenen klarmachen, was nicht stimmt, aber ein Kind hat kurze Beine und ist keinesfalls immer imstande, Erwachsenen begreiflich zu machen, was nicht stimmt, selbst wenn es sprechen kann und weiß, was nicht stimmt.

Das Kind ist abhängig von Erwachsenen. Erwachsene können ein Kind genau so behandeln, wie es ihnen passt, und sich dabei körperliche und geistige Überlegenheit zunutze machen. Die Leiden eines Kindes sind das Unentschuldbarste von allem Unentschuldbaren, Millionen und Abermillionen kommen in Orten und Ländern zur Welt, wo ihnen nur eines gewiss ist, nämlich permanentes Elend vom ersten Atemzug an, wenn sie das sogenannte Licht der Welt erblicken. Das sogenannte. Nein, ich nenne das nicht das Licht der Welt, ich nenne es Sonnenfinsternis, von Menschenhand verursacht.

In diesem Zustand der Erregung lag Ragnhild so viel am Herzen, dass sie nicht inhalierte, sondern den Kettenrauch sofort von sich blies, und man wurde rückwärts auf den Korridor hinausgetrieben. Die Sicht war so schlecht, dass sie gar nicht merkte, wenn man weg war, und der qualmende Monolog in der Küche schwoll an und verdichtete sich und zwängte sich in geschlossene Schränke, und Lebensmittel bekamen diesen rauchigen Beigeschmack, gesetzt den Fall, dass dergleichen im Hause war.

Zwischen mir und Dem Ehepaar gab es wenig Kontakt, nachdem ich ausgezogen war. Das änderte sich aber nach Unnurs Geburt, denn Harald als standhafter Großvater nahm es auf sich, die ganze Strecke bis zum Skipasund zu fahren. (Er klagte allerdings darüber, man könne sich in diesem Teil der Stadt nicht zurechtfinden – der Mann, der sogar einmal als Assistenzarzt in Kleppur gearbeitet hatte und der eine Schwester hatte, die auch in dem Viertel lebte. Er kurvte manchmal stundenlang herum, bevor er auf die richtige

Straße und das richtige Haus traf.) Meist kam er ohne Ragnhild, darüber war ich gewissermaßen froh. Ragnhild ist ein wandelnder Störfaktor, selbst wenn sie nur dasitzt und keinen Ton von sich gibt.

Wenn sie aber kam, war ich außerordentlich gespannt darauf, wie sie sich Unnur gegenüber verhielt. Das Muster kam gleich von Anfang an zutage, und es änderte sich nicht, aber ich war immer gleich gespannt – als wollte ich es nicht wahrhaben, als ginge ich davon aus, dass es sich ändern müsste. Ragnhild observierte ihre Enkeltochter neutral wie ein Arzt, aber schließlich war sie ja auch Ärztin. Die Teilnahmslosigkeit war so groß, dass man ihr nicht einmal, wenn es dringend nötig war, eine Diagnose entlocken konnte.

Sowohl Unnur als auch Ása hatten von Anfang an enormes Interesse an Ragnhild. Schon als Babys hielten sie es vor ihrem Gesicht länger aus als vor anderen Gesichtern und zeigten stärkere Reaktionen auf Ragnhilds Mienenspiel. Im Krabbelalter waren sie ihr ständig auf den Fersen und grapschten nach ihren Beinen, sodass sie sich schwer in Acht nehmen musste, um nicht über sie zu fallen. Sie erwiderte ihr Interesse mit wenigen, gut gewählten Worten, als seien sie große Mädchen, und das sozusagen von Geburt an. (Das rief eine schlafende Erinnerung an ihre Antwort in mir wach, als ich sie fragte, ob ich sterben müsste: nur ein bisschen ausruhen. Morgen ist ein neuer Tag.)

Die Kommunikation zwischen Ragnhild und meinen Töchtern erweckte bei mir nicht nur Interesse, sondern auch Ärger darüber, wie sehr sie sich von ihr faszinieren ließen. Darüber, dass diejenige, die am wenigsten gab, das meiste Feedback bekam und die Hauptattraktion war, selbst bei unmündigen Kindern.

Ragnhild tat so, als sähe sie nicht, wenn Harald beim Spielen mit Unnur und Ása den Großvater herauskehrte. Ich bemerkte aber einen Gesichtsausdruck an ihr, den ich nicht kannte, beispielsweise, wenn Harald seinen zwei- und vierjährigen Enkeltöchtern mit blauen und roten und grünen Bällen den Gang der Himmelsgestirne erklärte, wenn Harald ihnen Alle Vögel sind schon da beibrachte oder Hoppe, hoppe, Reiter mit ihnen spielte, wenn Harald ihnen Kusshändchen zuwarf.

Ich hatte schon ziemlich viel über Ragnhilds neuen Gesichtsausdruck nachgedacht, als mir endlich klar wurde, was er bedeutete: Sie war irritiert. Ich erkannte allerdings nicht, weshalb Haralds Opa-Allüren ihr so auf die Nerven gingen, aber das war auch nicht zu erwarten, denn sie ist eine ganz und gar undurchsichtige Person (aber nicht unlauter). Ich überlegte, ob sie sich über ihre eigene Begrenztheit ärgerte, aber das konnte nicht sein, das ist nicht Ragnhilds Art.

Man kann sich eben häufig genug ausmalen, wie Ragnhild nicht ist (und davon kam noch mehr ans Licht, als Harald im Sterben lag), aber viel seltener, wie sie ist. Trotzdem habe ich zumindest einen Schlüssel zu ihrer Person gefunden; sie ist vollkommen sie selbst. Derartige Menschen sollten wohl am besten keine Kinder bekommen, besonders dann nicht, wenn sie für ihr ganzes Leben mit umfassendem Liebesleid gebrandmarkt sind und wenn die Kinder so spät kommen, dass man ein Mandolinenorchester auflösen muss.

Nach außen hin machte Ragnhild den Eindruck von personifizierter Widersprüchlichkeit, vor allem in ihren politischen Ansichten. Das gehört in der Tat zu den vielen Dingen, die ich nie begriffen habe, was Ragnhild in einer politischen Partei zu suchen hatte, diese Person, die praktisch nie mit irgendetwas konformging. Im Übrigen war sie so ungefähr das Peinlichste, was je über die Konservative Partei hereingebrochen ist.

Nur im Hinblick auf eine Sache stimmte sie garantiert mit ihren Parteigenossen und -genossinnen überein – die Sauerei in der Sowjetunion. Sie erging sich häufig in einem qualmenden Monolog über die Zustände dort und in den Satellitenstaaten, der zum Weitschweifigsten und Giftigsten gehörte, was sie je vom Stapel ließ. Sie las Mummi und mir Artikel aus dem *Morgenblatt* über die furchtbare Geheimpolizei und die Internierungslager vor, sodass uns regelrecht angst und bange wurde. Ansonsten las Ragnhild nie etwas vor, jedenfalls nicht ihren Kindern.

Nun, Mitglied der Konservativen Partei und Antikommunistin, das war an sich nicht weiter ungewöhnlich, aber die Sache verkomplizierte sich bei Ragnhild dadurch, dass sie auch gegen den amerikanischen Stützpunkt in Keflavík war, und das war nicht nur der eigenen Partei suspekt. In sozialistischen Kreisen galt sie geradezu als gefährlich, schlimmstenfalls war sie eine schlecht getarnte Ausgesandte der Imperialisten im Westen. Kaum jemand sprach mit ihr auf den Protestmärschen nach Keflavík, höchstens Jugendliche oder Frauen, die naiv genug waren, sich nicht vor ihr in Acht zu nehmen. Wie sollte man auch begreifen, dass eine Stützpunktgegnerin im eigenen Wohnzimmer den amerikanischen Fernsehsender von ebendem Stützpunkt empfing? (Ihrer Meinung nach taten ausländische Kultureinflüsse dem Land not, und bei Jazz und Western auf diesem Kanal saß sie wie angeleimt vor dem Fernseher, der Mummi und mich während der ersten Jahre erzog, mitsamt Magda und den Büchern.)

In der Konservativen Partei hatte eine Stützpunktgegnerin selbstverständlich nichts zu suchen, auch wenn sie gleichzeitig Antikommunistin war. Trotzdem besaß Ragnhild einige Freunde unter den Konservativen, die aber nicht zur ersten Garde der Partei gehörten, sondern zum Fußvolk. Mit denen konnte sie reden, wenn auch vermutlich nicht immer in aller

Eintracht. Die Parteispitzen und andere einflussreiche Personen nahmen jedoch Reißaus, sobald sie auf Parteiversammlungen oder andernorts auftauchte. Sie schrieb Artikel, die das konservative *Morgenblatt* sich weigerte zu drucken. Im *Volkswillen* wollte sie ihre Artikel nicht veröffentlicht sehen.

Im staatlichen Rundfunk durfte sich Ragnhild aber einmal mit der Sendereihe: *Das Militär und der Weltkommunismus* zu Wort melden. Damals riefen dauernd irgendwelche Leute in der Sjafnargata an, Linke und Rechte, hoch und niedrig, um ihre Wut an Ragnhild auszulassen.

Was stellen sich die Leute denn so an, sagte Ragnhild und blies einen spitzen Rauchtorpedo von sich, der bis weit in den langen Korridor hinausschoss.

Die verkraften wohl keine Debatte?, fügte sie hinzu und schüttelte sich dreimal, zweimal langsam und einmal schnell, bevor sie den Stummel im Aschenbecher zerdrückte.

Ragnhilds Widersprüchlichkeit ist ein tückisches Phänomen. Was von außen wie Widersprüchlichkeit wirkt, könnte man eher Konsequenz nennen. Stützpunktgegnerin und Antikommunistin, vereinigt in einer Person, das sind Teile eines größeren Puzzles, in dem jedes Teilchen präzise an seinem Platz sitzt, wenn man dann beispielsweise noch hinzunimmt, dass Ragnhild auch gegen die katholische Kirche ist.

Das ist keineswegs kompliziert, denn im Grunde genommen geht es nur darum, dass diese Frau gegen Großmächte und große Institutionen ist, die mit Menschen verfahren wie mit Vieh, wie sie sich ausdrückt.

Ihr läuft die Galle über angesichts der Verhütungspolitik der katholischen Kirche, da diese, abgesehen von allem anderen, wegen des tödlichen Virus nachweisbar lebensgefährlich sein kann. Das ändert aber nichts an der Tatsache, dass sie Papst Johannes Paul für die bedeutendste Persönlichkeit auf der Welt und den Retter Osteuropas hält.

Und es ändert auch nichts daran, dass Ragnhild die katholische Landakot-Kirche als einen speziellen Zufluchtsort betrachtet. Mindestens zweimal im Monat begibt sie sich dorthin und meditiert über die Dummheit, da sie das angeblich nur in einer erhebenden Umgebung tun kann. Von solchen Meditationen kehrt Ragnhild erstarkt zurück und lässt sich wortreich über die gute Atmosphäre in dieser Kirche aus. Eins ihrer beliebten Themen sind auch die Seelenmessen; wie schön sich Katholiken von ihren Leuten verabschieden. Sie findet es wesentlich erbaulicher, symbolisch mit Weihrauch und Wasser und altüberliefertem Gebet für die Seele verabschiedet zu werden als nach isländischer Manier mit endlosem Zusammenklauben von irgendwelchen Einzelheiten aus Lebensläufen, und dann einer Handvoll Erde auf einer Schaufel, o-sso, zisch.

Harald erkrankte und starb in dem Jahr, bevor ich nach Kopenhagen ging. Ich hätte es nicht übers Herz gebracht, mit «Opas beiden Mädchen» das Land zu verlassen, solange er noch lebte, denn sie bedeuteten ihm alles. Ása mit den dunklen Brauen und der hohen, geraden Nase war ihm wie aus dem Gesicht geschnitten, und er war beiden wesentlich mehr zugetan als anderen lebenden Frauen.

Wenn ich Harald richtig beurteile, hatte er genug von diesem Erdendasein (wie das Hausmedium sich auszudrücken pflegte) und hätte es auch akzeptiert, gehen zu dürfen, bevor meine Töchter geboren wurden. Aber nachdem sie sein Ein und Alles geworden waren, wollte er gern sehr viel länger leben, um sie heranwachsen zu sehen und ihnen einen Bruchteil dessen zu geben, was er und Ragnhild meinem Bruder und mir vorenthielten.

Während Haralds Krankheit passierten viele Geschichten, die ich damals gar nicht mitbekam, so wie das Leben selbst genau vor unserer Nase verstreicht, während wir es leben. Die Tage kommen und gehen, und kurz bevor sie damit aufhören, sehen wir endlich, dass da das Leben selber unterwegs gewesen ist – ungefähr so hat es irgendein Dichter formuliert.

Es entging mir, dass Ragnhild mich zur Aufsichtshabenden über Krankheit und Tod ihres Mannes machte, und auch, dass sie Mummi davon fernhielt. Sie richtete es sogar so ein, dass ich ganz allein bei Harald war, als er starb. Was bezweckte sie damit? Das ist die Frage. Nicht nur damals, sondern überhaupt.

Für mich ist Ragnhild nie von dem her begreiflich, was sie bezweckt, sondern nur von ihren Ansichten her. Aus meiner Sicht könnte sie sogar die einzige Person auf der Welt sein, die absolut gar nichts bezweckt, sondern nur eine einzige überdimensionale Ansicht ist, zusammengesetzt aus vielen kleineren Ansichten. Möglicherweise war es ihre göttliche Ansicht, dass Harald im Sterben am besten bei mir aufgehoben war. Natürlich war ich Expertin auf diesem Gebiet, und Ragnhild, die gegebenenfalls hyperpragmatisch sein konnte, hatte womöglich von diesem Aspekt her den Kurs festgelegt.

Oder es war ihre Ansicht, dass es den Sterbenden stören würde, uns beide um sich zu haben, uns, die wir uns von Anfang an auf unberechenbare und komplizierte Weise in den Zimmern in der Sjafnargata in die Quere gekommen waren, gleichgültig, wie unsichtbar oder tot ich mich abwechselnd stellte, und dass ich in keine anderen Zimmer ging, wenn sie zu Hause war. So viel weiß ich, dass es Ragnhild nicht darum zu tun war, sich selbst etwas zu ersparen, indem sie mich mit Haralds Tod betraute. Denn das gehörte zu den Dingen, die sie gar nicht kannte: sich etwas ersparen.

Während Haralds Krankheit kam es dazu, dass ich zusammenklappte – und außer ihm war da niemand, um mich aufzurichten. Ich schämte mich, denn ich kannte Ähnliches von meiner Arbeit und hatte es immer als unangenehm empfunden, wenn Menschen, die vom Tod gezeichnet waren, junge Menschen womöglich, die eigenen Angehörigen trösten mussten.

Da hätte ich Mummi dringend gebraucht, aber Ragnhild hatte ein beinahe übersinnliches Geschick darin, ihn fernzuhalten, als es auf das Ende zuging. Er ließ sich selten bei Harald blicken und blieb immer nur sehr kurz. Selbstverständlich war Ragnhild der Ansicht, dass Mummi, der genug mit sich selbst und seinen Problemen zu tun hatte, dergleichen nicht zuzumuten war, und selbstverständlich war das eine korrekte Ansicht, denn wie Ragnhild weiß, gibt es keine Grenzen dafür, was mir zuzumuten ist.

Am Abend bevor Harald starb, entfernte ich mich für eine kurze Zeit aus dem Krankenzimmer und ging in die Sjafnargata, direkt in mein Schimmelzimmer, ohne mich bemerkbar zu machen. Das Zimmer war im Zuge eines Renovierungskollers von Ragnhild eben angestrichen worden, und Schreibtisch und Bett waren mit Tüchern abgedeckt. Aber irgendjemand (Maler? Ragnhild?) hatte gewissenhaft die Trachtenehepaaruhr wieder an ihren Platz gehängt, viel zu weit unten an der Wand, und ich fuhr zusammen, als das schnurchelnde Stöhnen hörbar wurde. Unglaublich, dass Harald dieses zerbrechliche Ungetüm im Ausland aufgetrieben und mit nach Island geschleppt hatte, damit ich in dem Jahr ein Geburtstagsgeschenk bekäme.

Der arme Harald hatte nämlich das ein oder andere in petto, daran erinnerte ich mich, als ich in den letzten Wochen an seinem Bett saß. Ich hatte beispielsweise vergessen, dass er einem manchmal, wenn Ragnhild nicht zu Hause war, bedeutete, zu ihm zu kommen. Dann nahm er einen eine Weile auf den Schoß, tätschelte einem liebevoll den Kopf und sagte, man sei ein braves Mädchen, und man freute sich bis zum Einschlafen darüber, dass Harald so ein braves Mädchen hatte.

Mir ging auch auf, dass er sich trotz allem um das ein oder andere im Zusammenhang mit seinen Kindern sorgte, vor allem um deren körperliche Verfassung und das mangelnde Interesse an dem wenigen Essen, das auf den Tisch kam. Vereinzelte Male schnitzelte er sogar rohe Rüben für uns, die er selber besorgt hatte. Er achtete auch meistens darauf, dass Sahne im Haus war. Ansonsten stand er Ernährungsfragen und anderen grundlegenden Dingen, die Ragnhild vernachlässigte, ratlos gegenüber. Es waren aber auch andere Zeiten.

Schließlich vermochten weder die Zeiten noch Ragnhild Harald zu bremsen. Er führte den Lammeintopf ein und kochte selbst. Mittwochs. Der Zeitpunkt war wissenschaftlich gesetzt, denn an dem Tag waren die Sonntagskeulenreste alle, oder sie erinnerten zu sehr an etwas, worüber Ungeziefer hergefallen war.

Harald kochte seinen Eintopf grundsätzlich am Mittwoch und an keinem anderen Tag, egal ob er die Grippe hatte oder ob ein Patient nach ihm verlangte, er kochte den Lammeintopf. Möglicherweise befürchtete er, dass die Zubereitung aus dem Ruder lief oder eingestellt würde, wenn er da schluderte, und sei es auch nur ein einziges Mal, donnerstags statt mittwochs, freitags statt mittwochs, dienstags statt mittwochs. Im schlimmsten Fall würde der eine oder andere Eintopf ganz ausfallen, und das Ende davon wäre, dass der Lammeintopf komplett ausfiele.

Mittwochs war zufälligerweise auch Küchentag. Den taufte ich um und nannte ihn Harald-Eintopf-Tag. Das wurden die wichtigsten Tage in der Woche, und ich freute mich sogar manchmal auf sie, auch wenn es mehr Arbeit für mich bedeutete. Ich musste nämlich mit dem Aufnehmer jede Woche in alle Ecken der Küche kriechen statt nur alle zwei Wochen. Harald durfte nichts weniger als eine blitzblanke Küche vorfinden.

Ich sah zu, dass ich bei der Eintopfzubereitung in Haralds Nähe war, indem ich am Küchentisch Schularbeiten machte. Ich schützte immer dasselbe vor: *Unten in meinem Zimmer kriege ich kalte Zehen.* Worauf Harald antwortete: *Kalte Zehen, das darf aber nicht sein.* Manchmal wiederholte er das beim Kleinschneiden von Zwiebeln und Möhren: Kalte Zehen, das darf aber nicht sein.

Wenn der Eintopf kurz vor der Vollendung stand, packte ich meine Bücher zusammen und deckte den Tisch. Harald sagte immer dasselbe: *Du bist ein braves Mädchen.*

Die Mittwochseintöpfe reichten bis Freitag. Am Waschküchentag gab es nichts. Der Lammeintopf war gut.

Er wurde mit Engagement gekocht und schmeckte nicht immer gleich. Mal verwendete Harald Suppenwürfel von Maggi, mal von Knorr. Manchmal gab er Haferflocken oder sogar ganze Haferkörner hinein, oder auch Reis. Blumenkohl konnte bisweilen darin sein, fast immer Möhren, Zwiebeln, gelbe Rüben und Lorbeerblätter.

Dieser Eintopf war in vieler Hinsicht ein Meilenstein. Durch ihn fiel die lähmende Müdigkeit in der Schule von mir ab. Mummi wurde kräftiger auf den Beinen, und der grünliche Schleim aus unseren Nasen wurde dünner und klarer. Möglich sogar, dass die Nasen zeitweilig ganz aufhörten zu laufen.

Ich setzte mich auf das abgedeckte Konfirmationsbett und sah in den Garten hinaus, der noch genauso eingerahmt war wie zu unseren Kinderzeiten: in der Mitte der Nasenbaum mit dem gespaltenen Stamm, der mich an Magdas Stelle umarmte, und ich hatte mich damit getröstet, dass er nicht wie Magda weggehen, sondern immer bei mir bleiben würde.

Niemand anders als mein alter Baum konnte mir in dem beistehen, was kaum zu ertragen war, nämlich bei Harald zu wachen bis in seinen Tod. Falls er nicht die Gelegenheit beim Schopf ergriff, während sich die allernächste Angehörige für einen Moment entfernte; nicht wenige Kranke auf meiner Station hatten diesen klammheimlichen Weg gewählt.

Endgültig zu sterben dauert meist genauso lange, wie drei Fußböden zu wischen, wenn man auch in die Ecken geht.

Und genau dieses Dreibödenkontingent an Zeit nutzen sie, um sich davonzumachen, Menschen, die allem Anschein nach viel zu hinfällig waren, um irgendetwas zu organisieren, und am allerwenigsten die Todesstunde. Während ein Angehöriger nur auf einen Sprung wegmuss, um etwas zu erledigen, und so schnell wie möglich zurückkehrt.

Obwohl meine Gummisohlen keine Geräusche machten, öffnete Harald die Augen in dem Augenblick, als ich in der Tür erschien. Die Wangen waren morphiumgerötet, er schien höchstens sechzig und keineswegs mit einem Bein im Grab zu sein. Ich setzte mich zu ihm ans Bett und nahm seine Hand. Die Kunst, sterbende Menschen zu betreuen, war so gründlich von mir gewichen, dass ich keine Ahnung hatte, ob ich sie zu fest hielt und ihn verletzte.

Ich verlor auch die große Aufgabe aus den Augen, nämlich dafür zu sorgen, dass der Sterbende aufgibt, und ihn so sanft wie möglich zu der Tür zu führen, die sich ein für alle Mal hinter ihm schließen wird, und wenn er vor ihr steht, ihm zu sagen: «Jetzt noch einen Schritt, das schaffst du bestimmt. Nach diesem einen Schritt, wenn du über die Schwelle bist, brauchst du nichts mehr zu fürchten und niemals mehr zu bereuen.»

Als Harald nun wieder bei Bewusstsein war, wahrscheinlich zum letzten Mal, wartete ich darauf, dass er etwas von sich gäbe, weise Worte am Ende des Weges, oder ein Fazit – obwohl ich es hätte besser wissen müssen.

Von einem Sterbenden wird unter anderem erwartet, dass er ein Orakel ist.

Dass er «etwas von sich gibt», bevor er verscheidet.

Eine große Wahrheit. Lebensweisheit, ja. Ratschläge, vielleicht.

Wer stirbt, ist aber hauptsächlich des Lebens müde. Er hat nur noch den Wunsch, gehen zu dürfen, bevor die nächste Welle von Übelkeit oder Schmerz anbrandet.

Nichts läge ihm ferner, als «etwas von sich zu geben».

Auch wenn er sprechen dürfte.

Ihm fällt nichts Vernünftiges ein,

und anders als viele glauben, wäre er vielleicht froh, beim Sterben allein zu sein.

Fern von zerquälten Augen. Fern von Händen, die ihn zu fest halten

und ihm das Schwerste von allem noch schwerer machen.

Harald gab nichts Orakelhaftes von sich, er sagte: Zeig es mir.

Er meinte ein altes Bild von seiner Liebsten, das er in seiner Brieftasche in der Nachttischschublade aufbewahrte. (Wir tun recht daran, uns mit Brieftaschen Mühe zu geben, denn kaum etwas anderes begleitet uns so lange im Leben, und oft enthalten sie etwas Relevantes.)

Da sah ich sie zum ersten Mal, ein lächelndes Mädchen mit Hut. Lächelnde Menschen aus der isländischen Vergangenheit sind eine Ausnahme, und dieses dunkelhaarige Mädchen mit dem Hut war eine Ausnahme, das Lächeln strahlend und seltsam anmutig und lieb. Unwahrscheinlich, dass diese Liebste sich mit auch nur einer einzigen ANSICHT abgeschleppt hatte, und erst recht nicht mit etwas, was mit Ragnhilds Exzessen vergleichbar gewesen wäre.

Sie wartet, sagte Harald.

Ich bin sicher, dass sie das tut, sagte ich, völlig konträr zu meiner Ansicht darüber, wie es nach dem Tod weitergeht. Das Totenbett ist nämlich nicht der richtige Ort für Ansichten – das zumindest ist positiv an diesem Ort.

Ich freue mich darauf, sagte Harald.

Das darfst du ruhig tun, sagte ich aus geheuchelter Überzeugung heraus und küsste ihn auf die Stirn, und da existierten wir das erste und einzige Mal in unserem Leben Seite an Seite.

Harald schlummerte ein. Leider wachte er noch einmal auf, und die letzten Worte in seinem Leben waren an mich gerichtet, zwei Worte, unter denen ich mich zusammenkrümmte, als hätte ich einen Tiefschlag erhalten.

Mein Kind.

Ich wünschte zu Gott, Haralds Augenlicht möge nachgelassen haben, damit ihm meine Reaktion darauf, sein Kind genannt zu werden, wenn es unumstößlich und definitiv zu spät war, erspart bliebe. Das hätte der Tod von Harald abwenden können, aber der Tod ist nicht barmherzig, wie ihm manchmal angedichtet wird, sondern er ist grausamer als das Leben.

Ich selber würde an diesen Worten für den Rest meines Lebens zu knacken haben, sein Kind, das diese Worte gerade noch vernahm und direkt in die offene Wunde der Gewissensqual blickte. Ab jetzt durfte ich kein unbestimmtes Kind mehr sein wie bislang, mit einem Vaterbild anstelle eines Vaters.

Und Harald war es nicht vergönnt, in dem Augenblick hinüberzugehen, als er sich darauf freute, endlich wieder ein lächelndes Mädchen mit einem kleinen Hut und keiner einzigen Ansicht zu umarmen – selbst das war ihm nicht vergönnt. Ganz bald würde sich zeigen, dass er sich von der ganzen Welt mit einem entschuldigenden Lächeln verabschieden sollte, weil er derjenigen gegenüber versagt hatte, die er sein Kind nannte – in der letzten Stunde.

Todesstunden kommen immer ungelegen, zumindest die, bei denen ich zugegen war.

Der Tod kommt nie zur rechten Zeit, und dahinter steckt Methode.

Denn der Tod ist ebenso falsch wie grausam. Nichts läge ihm ferner als die ungeschminkte Barmherzigkeit, die ihm vor allem von denjenigen nachgesagt wird, die entweder nichts davon verstehen oder heucheln.

Er schloss die Augen und schien eingeschlafen zu sein. Ich begriff im Nachhinein, dass sich da das entschuldigende Lächeln anbahnte. Zu diesem Zeitpunkt war es ein fast unsichtbares Zucken der Mundwinkel, das eher mit Zuneigung als mit Entschuldigung zu tun hatte.

Mir schwanden die Sinne, denn diese seine letzten Worte waren nicht zu ertragen, und ich wusste, dass keine weiteren mehr kommen würden; ich hatte nur den einen Fluchtweg ins Reich des Schlafs.

Zehn Minuten nach fünf wachte ich auf, und niemand weiß genau, wann er starb. Ein schmaler Streifen Tageshelle lag über den Bergen im Osten. Ich bestimmte, dass der helle Streifen sich bereits geöffnet hatte, bevor Harald verschied, dass es ihm vergönnt war, sich auf den Weg dorthin zu machen.

Ich stand auf und öffnete das Fenster. Das hatte ich in den letzten Tagen unterlassen, um kalte Luft fernzuhalten (Sterbende sind empfindlich wie Säuglinge), setzte mich wieder auf die Bettkante und schlang meine Arme um ihn, was ich aus irgendwelchen Gründen nie getan hatte, solange er lebte, und ich dachte: Jetzt bist du Ragnhild und mich los, Papa, und die Gewissensbisse, jetzt hast du endlich deinen Frieden an dem Ort, wo der neue Tag beginnt.

Ich drehte die Lampe, um das Gesicht besser betrachten zu können. Das kleine entschuldigende Lächeln hatte überlebt und besagte: «Ich habe etwas versucht. Aber das war nicht genug. Ganz und gar nicht genug. Verzeih.» Das Lächeln war die direkte und logische Fortsetzung dessen, was er zuletzt gesagt hatte, diese furchtbaren Worte. Mein Kind. Ein Kloß, der mir von jetzt an im Hals stecken würde.

Mein Kind.

Wie ich mich danach sehnte, das entschuldigende Lächeln vom Gesicht dieses Mannes zu wischen, der im Tod mein Vater geworden war. Niemand begriff besser als ich, dass jetzt nichts mehr zu ändern war. Kein Lächeln konnte hinzugefügt oder weggewischt werden. Nichts konnte hinzugefügt, nichts weggewischt werden.

Selbst in dieser Stunde war Ragnhild nicht weit entfernt,

hatte sich in die Gedanken hineingezwängt, hinein zu mir und Harald. Alle Wege führten zu dieser Person – sie schien alles zu dirigieren, im Kleinen wie im Großen, das Ende und die Todesursache. (Natürlich war sie es, die die Camel-Torpedos auf den Nichtraucher abgefeuert hatte, sodass etwas Bösartiges daraus wurde.)

Mir setzte die Frage zu, was Ragnhild damit bezweckt hatte, mich zuletzt mit ihrem Mann allein zu lassen? Sie wusste im Voraus, wann er sterben würde, sie, die mit kaltem, klarem Intellekt Leben und Tod berechnete (und was sie nicht berechnet, das ignoriert sie, wenn es sich um etwas handelt, was ihr nicht in den Kram passt).

Fast das Schlimmste ist Ragnhilds Mega-Großmut, die wie ein Rauchschleier in jeden Winkel dringt und den Betrachter erblinden lässt. War es vielleicht Ragnhilds übermäßige Großmut, die es Harald gestatten wollte, unbelästigt von ihrer Person zu sterben und friedlich zu seiner lächelnden Liebsten mit Hut zu entschwinden?

Wenn es mir passte, würde ich Bescheid geben, dass Harald das Zeitliche gesegnet hatte. Ich bin selber Krankenschwester, aber auch wenn ich das nicht wäre, durfte ich, die ich endlich zu seinem Kind geworden war, mich doch wohl so lange, wie ich wollte, von meinem Vater verabschieden. Am Todestag mit ungewisser Todesstunde.

Der helle Streifen dehnte sich über den Bergen im Osten aus, und ich fühlte mich unwiderruflich alleingelassen, obwohl das nebensächlich war. Ich hatte gesehen, wie der, der mir das Leben gegeben hatte, mich, die Welt und sich selbst verließ, und gleichzeitig verließ ihn jede Zelle eines selbständigen Lebens, das vom dahingeschiedenen Körper aufstieg, und siehe da, diese Zellen ordneten sich zu einer glänzenden Idee über Metamorphose; Ende, die Seele frei von der Hülle, eine neue Hülle um die alte Seele?

Mitten in dieser Idee verließ ich Harald endlich, um der Nachtwache Bescheid zu sagen. Ich log mir einen wahrscheinlichen Zeitpunkt des Todes zusammen, und genau bei dieser wahrscheinlichen Lüge erschien Ragnhild in Pantoffeln und Burberry auf dem Korridor, frisch frisiert. Auch wenn das Krankenhaus ganz in der Nähe ist, mutet es durchaus seltsam an, sich spät in der Nacht zu frisieren, während Harald im Sterben liegt.

Ich konnte nicht schlafen, sagte sie.

Du weißt, dass …, sagte ich vorsichtig und machte Anstalten, Ragnhild zu umarmen, um ihr nicht ins Gesicht sehen zu müssen.

Ja, sagte sie.

Wer von uns sagt Mummi Bescheid, fragte ich.

Ich mach das, sagte seine Mutter und fügte hinzu:

Du bist am Ende deiner Kräfte. Ist es nicht am besten, wenn du nach Hause gehst und dich hinlegst?

Ich wäre sowieso nur im Weg. Macht es dir etwas aus?

Es ist besser, sagte sie in ihrer hyperunverblümten Art, und die Nachtwache beobachtete völlig verblüfft, dass ich ging. Ich holte nicht einmal meine Jacke aus Haralds Zimmer.

Auf diese Weise blieb es Ragnhild und mir erspart, zusammen bei ihrem gerade verstorbenen Ehemann zu sein. Aber Ragnhild blieb es nicht erspart, das Bild eines lächelnden Mädchens mit kleinem Hut auf dem Nachttisch liegen zu sehen, denn ich hatte vergessen, es wieder in die Brieftasche zu stecken. Vielleicht war es ihr egal, und weil Ragnhild war, wie sie war, konnte es genauso gut sein, dass sie das besser fand.

Die Straßen, die Fensterscheiben der Häuser und die Bäume in den Gärten funkelten, und Katzen tummelten sich in den Blumenbeeten. Dieses Leben und Treiben und die Schönheit waren unpassend, denn Harald hatte aufgehört zu existieren, sich dafür entschuldigend, existiert zu haben.

An der Ecke zur Sjafnargata verstand ich, dass es vollbracht war. Harald war im Tod Vater geworden, und ich seine Tochter – genau dann.

Mein Kind.

Das Leben spielte uns übel mit, denn er hatte das Zeug zu einem guten Vater, wie sich herausstellte, als meine Töchter geboren wurden. Ich hatte auch das Zeug zu einer besonderen Tochter, und das stellte sich heraus, als ich einen Liebsten bekam.

Wir dürfen nicht das sein, was wir sind, nicht einmal das. Noch weniger dürfen wir das sein, was wir werden könnten. Es gibt nur einen schwachen Abglanz von uns, konträr zum selbstfabrizierten Schatten verlaufend, und unsere eigenen Konturen sind noch undeutlicher als die des Schattens.

Der Sjafnargata-Garten tanzte in den leuchtendsten Farben, als ich das Tor öffnete, das war taktlos und gefühllos, weil der, dem der Garten gehörte und der dort an Frühlingsabenden und Sommerabenden gewerkelt hatte, tot war.

Er war manchmal dort im Mai, wenn ich meinen Freund am Spitalstieg zweimal zum Abschied geküsst hatte. Einmal kam Harald auf mich zu und ging mit mir durch den Garten, sprach mit mir über den Garten und einzelne Bäume. Bei der Gelegenheit erfuhr ich, dass der Nasenbaum Ahorn hieß. Da glänzten Haralds Augen hell um meinetwillen. Er freute sich darüber, dass mir in diesem Frühling das Glück aus den Büchern widerfahren war.

Das Glück in leuchtenden Farben, auf die ich mich nicht verstand. Ich stieß sie von mir, damit die Farblosigkeit allein herrschen konnte.

Trotz allem hatte der Vater meiner Töchter anfangs teilweise die gleichen Ambitionen wie mein Liebster, nämlich mich ans Tageslicht zu ziehen, damit ich in irgendwelchen Farben zur Geltung käme. Aber mein Liebster war natürlich der Einzige, der sich auf die Farben verstand, die sich in mir verbargen, und sie bildeten sich in dem Augenblick zurück, als ich im Mokka die Worte sagte.

Die Farben einer Person kommen ans Licht, wenn ein anderer sie überdeutlich sieht, und in dieser Weise sahst du mich und ich dich. Darum geht es dann in der Liebe, und darum, die Nuancen in seinem Freund von da an auswendig zu können. Nicht eine einzige zu vergessen.

Ich habe immer darauf geachtet, meine Farblosigkeit herauszukehren. Nie habe ich mir die Augenbrauen und das aschblonde Haar gefärbt oder Lippenstift aufgelegt. Am liebsten trug ich durch und durch hautfarbene Sachen.

Farbige Sachen sind mir außer zur Magdazeit kaum je auf den Leib gekommen. Damals besaß ich ein blaues Prinzessinnenkleid, eine rote Strickjacke, grüne Socken.

Alles, was ich später anzog, war grau oder beige. Es waren aber nur ganz wenige Kleidungsstücke. Sie waren auf Zuwachs bemessen, und ich wuchs langsam und verschliss nichts. Als ich anfing, mir selber etwas zum Anziehen zu kaufen, hielt ich mich weiterhin an die Farblosigkeit.

Das einzige farbige Teil war der blaugraue Anorak aus dem Scout-Geschäft, den du mich aus deiner Entschlossenheit heraus und deinem Verantwortungsbewusstsein mir gegenüber kaufen ließest.

Und außerdem natürlich die Ausnahme, EIN TÜRKISBLAUER BADEANZUG MIT GOLDFISCHEN.

Als wir das erste Mal ins Hallenbad gingen, sah ich mich unbekleidet vom Scheitel bis zur Sohle im Spiegel, und ich sah, dass der Körper gefällig war, wenn auch etwas länger und busenloser, als ich mir gewünscht hätte. Er ruhte auf etwas zu kurzen Beinen, die nicht ganz gerade waren. Trotzdem machte mir mein Körper keine Schande, und ich schämte mich auch nicht.

Als ich aus dem Wasser kam, sah ich mich in demselben Spiegel im Badeanzug. Er hatte keine Farbe, noch nicht einmal Grau oder Beige, sondern etwas Unkenntliches, die fleischgewordene Farblosigkeit. Vielleicht hatte er irgendwann einmal irgendeine Farbe gehabt, aber damit war es längst vorbei. Ich besaß ihn seit meinem zehnten Lebensjahr. Von Elastik konnte an diesem Stofffetzen keine Rede mehr sein, er hing wie ein Sack an mir herunter, und der eine Träger hatte ein kleines Loch.

Ich widmete mich eine Weile diesem Anblick und befand, dass dieser Badeanzug meines Körpers nicht würdig war. Drei ganze Tage hintereinander dachte ich über diesen Badeanzug nach, bis ich plötzlich die Wut bekam und aus meinem Zimmer in die Waschküche stürmte, ihn von der Leine riss, an der er seit dem letzten Schwimmbadbesuch immer noch hing, und ihn mit einer ganzen Zeitung in dem großen Stahlbecken in der Waschküche anzündete. Ich stocherte mit einem Fischheber darin herum und sang gehässig: *Olles Ding / Olles Ding / leck mich und verbrenne.*

Aber das olle Ding wollte nicht einmal richtig brennen, sondern schmurgelte unter entsetzlichem Gestank, der an Karbid erinnerte, vor sich hin. Zum Schluss sah er aus wie ein Stück schwarzverbrannte Menschenhaut.

Als Harald nach Hause kam und sich über Brandgeruch beschwerte (der Geruchssinn funktionierte meistens bei Dem Ehepaar), erklärte ich, ich hätte einen Geheimbrief in der

Waschküche verbrannt. Damit gab er sich wie selbstverständlich zufrieden.

Ich sagte, dass mein Badeanzug völlig zerfetzt sei. Ich bräuchte einen neuen, und der würde soundso viel kosten. Es war eine beträchtliche Summe, aber Harald zuckte nicht mit der Wimper, sondern ging zu seinem Schreibtisch und holte das Geld heraus.

Die nächsten Tage verbrachte ich in Geschäften und probierte Badeanzüge an. Ich notierte mir Kurzbeschreibungen von denen, die in Frage kamen. Es waren neun, doch insgesamt probierte ich dreiundzwanzig an. Man bediente mich in allen Geschäften gut, obwohl ich endlos anprobierte, nicht selten zweimal, und deswegen wurde ich mancherorts sicher als ungewöhnliche Kundin eingestuft, beispielsweise in Báras Konfektionsgeschäft. Dort endete es aber damit, dass ich den türkisblauen Badeanzug mit zwei Goldfischen auf dem Bauch erstand.

Das nächste Mal, als wir schwimmen gingen, warst du so rücksichtsvoll, meinen neuen Badeanzug mit keiner Silbe zu erwähnen, denn damit hättest du gleichzeitig die Erinnerung an das olle Ding heraufbeschworen, das meinen Körper beleidigt hatte.

Ein türkisblauer Badeanzug mit zwei Goldfischen auf dem Bauch existiert immer noch.

Neun meiner Jahre in Kopenhagen gingen zu Ende. Sie hatten nicht schlecht angefangen, und wer weiß, ob ich in dieser Zeit nicht tatsächlich etwas empfand, was mit dem Glück aus Erwachsenenbüchern entfernt verwandt war.

Meine ersten Monate in Kopenhagen waren September, Oktober. Erleichterung schwebte über mir in diesen milden und schönen Tagen, sie hatte aber nichts mit dem luftigen Glücksrausch auf den Winter- und Frühlingsspaziergängen mit dem Liebsten in Reykjavík zu tun, sondern es war eine konkrete Erleichterung.

Jetzt trennte das Meer Ragnhild und mich, und ich durfte eine neue Sprache sprechen. In Dänisch war ich schon immer gut gewesen, sogar in der Aussprache, und hatte dafür auf dem Frauengymnasium einen Preis bekommen. Es war kein Problem für mich, in Kopenhagen mit verständlicher Aussprache Kartoffeln zu kaufen, gleich vom ersten Tag an. Ich war geradezu stolz auf mich.

Spätsommer und Herbst in der Hauptstadt der Gemütlichkeit, mit Unnur an meiner Seite und Ása in der Sportkarre schlenderte ich durch die Stadt. Das war, bevor ich anfing zu arbeiten, und ich vertrieb mir die Zeit in der Wohnung im dritten Stock in Christianshavn, saß auf dem Balkon mit Aussicht auf dänische Bäume und deren Herbstfarben, die anders melancholisch sind als die isländischen – und war plötzlich so optimistisch, dass ich nichts dagegen hatte, bei dem schönen Wetter mit zwei Töchtern und Mann weiterzuwurschteln.

Ich wurde so erfinderisch, dass ich mich intensiv beäugte

wie jemanden, der auf einen Magic Mushroom gestoßen ist oder sich LSD reingezogen hat. Nicht nur dass ich mir einen hübschen Morgenmantel kaufte, ich ließ mir auch Themen für Wohnzimmergespräche mit dem Ehemann einfallen, wenn Unnur und Ása eingeschlafen waren. Zu meinem Erstaunen konnte man mit ihm über mehr Dinge reden als nur über unsere Töchter und die Einkaufsliste. Aus dem, wie er über seine Eltern und Freunde sprach, hörte ich heraus, dass er ein anständiger Mann war, und emotionaler, als es den Anschein gehabt hatte. Zudem hatte er Humor, wenn man genau hinsah.

Meine Gesprächsthemen drehten sich hauptsächlich um die Spaziergänge mit Unnur und Ása und die Stadt mit der Glyptothek und den Thorvaldsen-Skulpturen und den Menschen, die immer einen Scherz auf den Lippen hatten, wenn man sich ein Würstchen oder eine Zeitung kaufte. Und das Wunder geschah, die Spaziergänge kräftigten mich, und die Farblosigkeit in Wangen und Haar wich für eine Weile einem Hauch von Sonnenbräune.

Mummi besuchte mich mindestens dreimal im Jahr, solange ich in Kopenhagen war, und manchmal hatte er einen Liebhaber dabei. Obwohl sie alle einen ganz netten Eindruck machten, war Stanko aus Montenegro mein Favorit – nach eigenen Aussagen ein Prinz – und aus meiner Sicht der Traumprinz für Mummi, dieser Ausbund an Männlichkeit, bei dem sich Überheblichkeit mit enormer Liebenswürdigkeit und Humor mischte. Ich hoffte immer, Mummi und er würden ein Paar werden. Als ich das rundheraus sagte, schlug Stanko die Hände über dem Kopf zusammen und erklärte, er könne nicht für das Schicksal entscheiden, das Schicksal müsse selber entscheiden.

Wollte ich behaupten, ich sei in einen Mann verliebt gewesen, dann war ich beinahe ein kleines bisschen verliebt in Stanko (was so idiotisch war, dass ich mir nicht einmal die Mühe machte, mich zu schämen, der Liebhaber meines Bruders, trallala). Es ging aber immerhin so tief, dass ich ein gewisses Interesse an dieser Spezies bekam, dem Original-Macho vom Balkan. Dass es ein genialer Schachzug sein könnte, nähere Bekanntschaft mit einem solchen Mann zu schließen. Aber wo ihn finden, und wozu sollte ich mich auf so etwas einlassen, ich, die Schlaflose mit den ewigen Nachtschichten. Nein, wenn ich mir einen Liebhaber zulegen wollte, müsste es ein ziemlicher Waschlappen sein. Und weswegen sich so etwas antun?

Als Unnur und Ása endlich groß genug waren, leisteten ihr Vater und ich uns den Luxus einer Scheidung. Da hatte er ein Auge auf eine Frau geworfen, die genauso extrem farblos war wie ich. Die Töchter moserten zwar wegen der Scheidung, wie Kinder es zu tun pflegen, aber ihr Papa und ich redeten ihnen in dem sozialpädogisch-erklärenden Stil zu, den wir uns in Dänemark angeeignet hatten.

Aber wie man die Sache auch anging, Unnur und Ása fanden sich nie damit ab, dass ich nach Island zurückkehrte, solange sie noch in Kopenhagen zur Schule gingen. Mir tat das zwar einigermaßen leid, ich konnte aber trotzdem keine nennenswerten Gewissensbisse heraufbeschwören. In Wahrheit war es zu diesem Zeitpunkt auch nicht schlechter für sie, bei ihrem Vater zu sein statt bei ihrer Mutter.

Niemand befahl mir, nach Island zu gehen, und schon gar nicht in die Sjafnargata. Ich hätte hinziehen können, wo ich wollte, am liebsten aber in arme und kriegsgeplagte Länder, wo ich hätte Gutes tun können. Irgendwann einmal hatte ich das auch vorgehabt.

In Kopenhagen wollte ich nicht mehr leben, nicht am Schauplatz dieser Ehe, in der wir ausgeharrt hatten wie in schier endlosen Wintermonaten. Versucht hatten, das Beste aus anhaltender ehelicher Langeweile zu machen, weil wir gemeinsam zwei Prachtstücke und Augäpfel besaßen.

Wäre ich nicht das Sjafnargatakind, das ich bin, hätte ich ein schlechtes Gewissen, dass dieser Mann dummerweise auf mich hereinfiel. Die Initiative ging von ihm aus, und deswegen kann er sich selber die Schuld daran geben, aber – alles, was recht ist – wem wäre es eingefallen, dass eine Farblose wie ich nur Steine statt Brot zu geben hatte. Von einer Farblosen könnte man Opferbereitschaft und Nettigkeit erwarten, doch von Opfern konnte keine Rede sein, und noch weniger von Nettigkeit. Der Mann hatte nicht einmal das Glück, purer Garstigkeit ausgesetzt zu sein. Darauf hätte er wenigstens reagieren können.

Und das Leben geht seinen Gang und verstreicht, während wir endlos darauf warten, dass es irgendwie wieder von vorn anfängt. Sogar Menschen wie ich warten immer auf etwas. Vielleicht besonders Menschen wie ich. Wer, wenn nicht wir?

Zufälligerweise war Ragnhild die ersten beiden Tage in meinem Leben Nummer zwei zur Kur in Reykjalundur, deswegen konnte ich in der Sjafnargata ungehindert von Zimmer zu Zimmer wandern. Ich versuchte mich sogar an der aufgequollenen Tür zu meinem Schimmelzimmer, aber sie gab nicht nach.

Die Sonne stach mir in die Augen
als ich zurückkehrte

ich, die glaubte, ich würde nicht zurückkehren, nicht in dieses Haus,

nicht für immer.

Die gnadenlose Sonne in ganzem Kreis
um das ELTERNHAUS. HEIMSPIEL
in gardinenlosen Zimmern …

Nachts gab sie kein Pardon, diese kreiselnde Scheibe, mich von Zimmer zu Zimmer verfolgend. Meinen von Nachtschichten zerquälten Augen durfte ich keine Ruhe gönnen

allein in dem hochgewachsenen Haus, dem steingrauen und zynisch grauen

auf dreihundertsechzig Quadratmetern mit Dachboden
für das Vakuum von Lilla und Mummi

wo Organe eins nach dem anderen versagten,
Zimmertag nach Tag.

In der Küche Tränendrüsen,
ob Zwiebeln geschnitten wurden oder keine Zwiebeln
am Harald-Eintopf-Tag.

Auf dem langen Flur versagte der Kopf,
ich stolperte vor und zurück
unsichtbar für des Hauses Ehepaar
unhörbar für Harald und Ragnhild
wusste nicht, ob ich kam oder ging oder war.

Kein Gedanke blieb im Kopf zurück;
nichts als das nackte Vakuum,
auf dem Gang kein Weinen,
auf dem Gang nichts
außer Gesprächen mit dem Telefon

mit der Freundin, die es nicht gab.
Die gute Dór. Der ging es gut im grünen Haus, mit einem Goldfisch und Mama im Akkord.

In den einschlägigen Zimmern war es der Magen, der versagte.
Trotzdem litt ich weiß Gott nicht am meisten auf dem Klo,
weder im unteren noch im oberen Stock.

Im Salon waren Lungen in Bedrängnis
durch qualmende Ragnhildmonologe,
was für eine Reinkarnation zur Unzeit.

Im Waschkeller rang ich Hände,
aufhängend und abnehmend von Leinen.

Die Wäsche war schwer, oh, oh, auf dem Hocker
und ich zu unverständig, um mich zu bemitleiden …

In keinem Zimmer des Hauses hatte das Herz es leicht,
am allerwenigsten in meinem mit Moder.

Dort kamen mir oft abends die Tränen, schöne und dumme Tränen, meist vor dem Schlaf, wegen gar nichts, soweit ich wusste. Bis ein Mann daherkam, jung an Jahren, der mich morgens um fünf in die Arme nahm und mir wie ein Liebster wurde. Ich vergaß, dass es Tränen gab, und schlummerte in das stille Land hinein, eine leidlich lächelnde Kindfrau, *Lí* hast du sie genannt.

In der Waschküche erschrak ich, als mein Blick auf die Zwischentür zu meinem Zimmer fiel. In der langen Abwesenheit hatte ich total vergessen, dass es aus meinem Zimmer einen Durchgang zur unbewohnten Welt der Waschküche gab. Die wenigen Male, die ich während meiner Kopenhagener Zeit in die Sjafnargata gekommen war, hatte ich immer gleich die Existenztreppe nach oben genommen. Ich verweilte nie im Souterrain, und schon gar nicht um nachzusehen, wie es um die Feuchtigkeit in meinem Zimmer stand oder ob sich das schnurchelnde Stöhnen immer noch zur vollen Stunde aus den Tiefen der Trachtenehepaaruhr hochquälte.

Durchgang von meinem Zimmer in die Waschküche. Das klang erschreckend nach Zelle neben Folterzelle. Wäre es nicht ziemlich praktisch, wenn ein Gefangener aus seiner Zelle direkten Durchgang in die Folterzelle hätte?

Hätte man Gitterstäbe vor den Fenstern in meinem Zimmer angebracht und die Trachtenehepaaruhr sowie den elektrischen Wecker entfernt, würde sich mein Zimmer gut als Gefängniszelle in einem armen Land ausgenommen haben. Mummi hatte immer ein besonderes Auge für Kulissen und begann mein Zimmer die *Katakombe* zu nennen, nachdem er dieses Wort kennengelernt hatte.

Die Waschküche in der Sjafnargata bot Schutz und Zuflucht, obwohl sie eigentlich nicht zu den Zimmern zählte. Dort war es warm, denn in dem Heißwasserbehälter der Heizung blubberte es immer. Von dort wurde die Wärme in sämtliche Heizkörper des Hauses geschickt, einundzwanzig an der Zahl, daran kann ich mich erinnern, weil ich sie ab und zu zählte und mich auch mit ihnen über alltägliche Dinge unterhielt; vor allem über Anlässe zur Besorgnis in den betreffenden Zimmern, Krempel und Schmutz. Ich sprach die Heizkörper aber nie direkt an, so wie die Heißwasserbehälter unten, die Quelle der Wärme:

O treue Magd! Liebliche Heizung!

Um die Heizung herum war nicht diese kalte, negative Feuchtigkeit aus schadhaftem Beton und kaputten Rohren wie bei mir im Zimmer, sondern dort war die Feuchtigkeit natürlich und gemütlich, sie rührte von Wäsche und Trocknen her. Ich gewöhnte mir an, meine Sachen in der Waschküche aufzubewahren, nachdem ich einen Liebsten hatte, damit sie nicht den Geruch meines Zimmers annahmen. (Auf diesen Spaziergängen mit einem wunderhübschen Prinzen durfte Lí nicht muffig riechen.)

In meinem Schimmelzimmer wachte ich manchmal vor Kälte auf, denn das Fenster musste einen Spalt offen stehen, damit man es drinnen aushalten konnte, egal wie das Wetter war. Entweder zitterte man dann oder man schleppte Matratze und Oberbett zur Bank in der Waschküche und lag dort so hoch über dem Fußboden, dass man sich den Kopf aufschlagen würde, wenn man hinunterfiele.

Irgendwann einmal griff Mummi ins Leere, als er zu mir ins Bett krabbeln wollte. Er hatte schon eine ganze Zeit in meinem Zimmer geheult, als ich auf der Bank in der Waschküche aufwachte.

Keine Lilla im Bettchen, schluchzte er.

Ich sagte meinem kleinen Mummimäuschen, von jetzt an wüsste er, wo ich sei, wenn er mich nicht in meinem Bett fände.

Wir gingen ins Mummizimmer und kuschelten uns unter unsere Oberbetten. Sein Bett war schon zu klein für ihn, und für uns beide erst recht. Ich sagte ihm die eine Magdastrophe auf, die ich nie vergaß, und streichelte ihn in den Schlaf.

Sjafnargata, das Haus mit dem langen Gartenpfad – dreiundvierzig Schritte von der Haustür bis zum Gartentor, wenn man klein ist. Die Schritte hatten sich um die Hälfte verringert, als ich sie am ersten Morgen in meinem Leben Nummer zwei in der Sjafnargata noch einmal zählte, während ich in aller Herrgottsfrühe bei unmäßiger Sonne mit dem Küchenhocker aus meinem Zimmer bis zur Gartenmauer ging, mich dort auf den Hocker setzte und dieses Elternhaus gründlich betrachtete, in das ich wieder eingezogen war, was niemand begreift.

Das Haus steht unnatürlich weit von der Straße entfernt, es ragt unnatürlich hoch von der Erde auf, und die Fenster sind hoch und schmal und sehen aus, als wären sie gestreckt worden. In meiner Erinnerung stießen sie die Helligkeit ab. Bei Ragnhild musste immer Licht brennen. Harald schaltete manchmal Lampen aus, beispielsweise im Grünen Salon, aber Ragnhild knipste sie sofort wieder an.

Viele Häuser in Reykjavík haben ein auffällig exotisches

Gepräge, chinesische Pagodendächer, griechische Giebel, Anklänge an maurische Säulen. Das elegante Aussehen des Hauses in der Sjafnargata ist zwar kaum durch einen besonderen Stil gekennzeichnet, könnte aber unter Umständen an eine italienische Landvilla erinnern. Die Proportionen des Hauses stimmen, alles an diesem symmetrischen Kasten ist regelmäßig, nach dem Goldenen Schnitt. Daraus resultiert eine bemerkenswerte Leichtigkeit: diese schmalen Fenster, das ein wenig nach oben geschwungene Walmdach und das neckische Rautenfenster. Das geschwungene Dach zusammen mit dem hohen Souterrain erwecken den Eindruck, als wollte sich das Haus von der Erde losreißen und möglicherweise abheben. Die Leichtigkeit dieses eleganten Hauses ist jedoch in erster Linie kalt, und die Bäume im Garten wenden sich nicht ihm zu, sondern von ihm ab.

Mit Instandhaltung beschäftigte man sich in der Sjafnargata kaum, und der Verfall schritt von Jahr zu Jahr zielstrebig fort, obwohl das Haus sich nicht unterkriegen ließ. Es erinnerte an einen Menschen, dem gutes Aussehen in die Wiege gelegt worden ist – weder Alter noch Vernachlässigung entstellen ihn –, das gute Aussehen blickt immer durch. Erstaunlich, wie stark und robust das Haus innerlich und äußerlich war und welch zähen Widerstand es diesem anhaltenden Schlendrian entgegensetzte.

Kurz nachdem bei Harald Lungenkrebs festgestellt worden war, raffte sich Ragnhild endlich zu Instandhaltungsmaßnahmen auf. Sie ließ das Haus von außen sanieren und die Fenster erneuern. Dass dies aller Wahrscheinlichkeit nach einem kranken Mann zu schaffen machen würde, tat nichts zur Sache; Hammerschläge und Handwerker vor den Fenstern, und drinnen schleppte er sich bei durchdringendem Gestank von Lösungsmitteln und Fensterlack durch die Wohnung.

Anschließend sollte drinnen weitergemacht und alles renoviert werden. Anstrich auf beiden Etagen und auf dem Dachboden. Mummi und ich wiesen Ragnhild darauf hin, dass der Zeitpunkt Haralds wegen vielleicht nicht besonders geeignet sei. Ragnhild blickte unbeteiligt aus dem Fenster und sagte nur, auf jeden Fall aber könne man im Souterrain streichen, der Geruch würde schon nicht nach oben dringen. Wir protestierten dagegen. Sie ließ unten streichen, und selbstverständlich drang der Geruch nach oben.

Als Harald zum dritten Mal ins Krankenhaus musste, holte Ragnhild den Maler für die obere Etage ins Haus. Das tat sie hinter unserem Rücken, und sie ließ sich von irgendwelchen anderen Leuten beim Möbelverrücken helfen. Das eheliche Schlafzimmer und das Wohnzimmer waren bereits fertig gestrichen, als Mummi und ich davon erfuhren.

Dieses eine Mal kritisierten Mummi und ich sie. Wir bereiteten die Offensive mit einem Einkauf in der Bernhöft-Bäckerei vor, und dann erfolgte zu warmem Blätterteiggebäck die konzertierte Aktion am Küchentisch: wie sie sich das vorstellte, wenn Harald in seinem Zustand aus dem Krankenhaus zurückkäme, in diesen Farbgestank und dieses Chaos hinein, das noch größer war als gewöhnlich.

Ragnhild schwieg undurchsichtig. Mummi und ich redeten uns den Mund fusselig, selbst ich war ungewöhnlich gesprächig und wiederholte ständig «wenn er nach Hause kommt». Da blickte sie einmal blitzschnell auf und sah mir direkt in die Augen, was so selten und so unangenehm war, dass ich zusammenzuckte, und sie sagte:

Und wann, glaubst du, kommt er nach Hause?

Ja, Ragnhild prüft auf Herzen und Nieren wie Gott, und im Übrigen hat sie ja auch die Ausbildung dazu. Mummi und ich hätten wissen müssen, dass sie in der Prognose nicht weniger perfekt war als in der Diagnose. Harald kehrte nicht mehr in die Sjafnargata zurück. Genau drei Wochen nach dem Gespräch mit Gebäck in der Küche war er tot.

Auf dem Küchenhocker am ersten Morgen des zweiten Lebens in der Sjafnargata beschloss ich, das Magdazimmer zu streichen, einen neuen Fußboden zu verlegen und es zu meinem Schlafzimmer zu machen. Naheliegender wäre wohl gewesen, das Mummizimmer mit Fenstern nach Süden und Osten in Beschlag zu nehmen, denn das Magdazimmer war wesentlich kleiner und hatte nur ein Fenster nach Süden.

Mir schwante bei Anbruch dieses Tages nicht, dass dies der Beginn zu all den Zimmerjahren in der Sjafnargata sein sollte, Reparaturen – Riss für Riss, Hahn für Hahn, Schalter für Schalter. Noch weniger ahnte ich, dass so etwas Spaß machen könnte. Risse ausbessern, Fußbodenbelag entfernen – Zimmer demontieren und sie bis in winzigste unsichtbare Details hinein renovieren (mit schaftlangem Pinsel bis ganz unten hinter dem Heizkörper streichen, wo höchstens Spinnen und Gott hinsehen).

Und Ragnhild, die Unberechenbare, zog ganz neue Saiten auf, indem sie sich an all diesen Zimmerjahren beteiligte, vor allem aber am Küchenjahr, und in großen wie in kleinen Fragen immer mit guten Vorschlägen aufwartete. Sie war sich sehr wohl im Klaren darüber, was in ihrem Haus steckte, selbst in den Zimmern ganz unten, die sie erstaunlicherweise nicht nur vom Hörensagen kannte.

Ich hatte auch das Glück, dass mich bei diesem Projekt die besten und amüsantesten Helfer und Helfershelfer umschwirrten – Mummi und seine Freunde. Jahraus, jahrein immer bereit zu komplizierten Spachtel- und Anstreicharbeiten (nicht dass es mir nicht auch ohne sie Spaß gemacht hätte). Mummi kannte so eine vergnügte Miene an mir kaum, er führte sie auf meine Spachtelperversion zurück, wie er sich ausdrückte.

Die Verbündeten der Zimmerjahre, Mummis Freunde und Liebhaber, bereicherten Ragnhilds und mein Leben und ersetzten uns das ein oder andere Defizit – in uns selbst, zwischen uns und allem zwischen Himmel und Erde. Sie mochten mich, wie Eltern ihre Kinder mögen können. Jemandes Tochter zu sein war lang ersehnt und hoch willkommen, ich wurde abends halbwegs rührselig ob dieses Glücks.

Sie sind auch so etwas wie ein Ersatz für die Freundinnen, die ich nie hatte, und genauso selbstlos, wie Freundinnen es gewesen wären; sie begleiten mich in die Geschäfte auf dem Laugavegur und suchen genau wie eine richtige Freundin schöne Sachen für mich aus. Es gibt zwar ständig Geplänkel, weil sie so auf Farben stehen, aber meine Garderobe hat sich sehr zum Vorteil entwickelt.

Überschattet wurde mein Glück nur durch den stechenden Schmerz, den ich empfand, als mir klar wurde, dass sie Ragnhild vergötterten. Ich brauchte lange, um zu begreifen, was mich da plagte. Es war ein Gefühl, das in einem Sjafnargata-Kind nie hochkam: Eifersucht. Auf was sollte ein solches Kind eifersüchtig sein?

Ich nannte Ragnhild das Schwulentotem (im Stillen), wenn sich die Freunde im wahrsten Sinne des Wortes zu ihren Füßen niederließen, ihr die Fußnägel schnitten und Hühneraugen ausmerzten. Für sie war sie ein Idol, und sie kannten viele Geschichten darüber, wie Ragnhild kleine Schwestern und Brüder mit übersinnlichen Diagnosen und akribischer Therapie gerettet hatte. Zudem hatte das Idol göttliche Ansichten, und mit ihm konnte man über alles reden, wie sie andächtig kundtaten.

Zwei von Mummis Freunden sind HIV-infiziert. Ragnhild unterhält sich klug, aber unterkühlt wie ein Gletscher bis ins kleinste medizinische und menschliche Detail mit ihnen über diesen Unsegen (wie sie das Virus nennt), über die neuesten Forschungen und Medikamente. Auf diese Weise reduziert sie den garstigen Drachen, mit dem die Jungen zu kämpfen haben, auf eine harmlose, kümmerliche Echse.

Mummis Freunde machen sich manchmal einen vergnügten Abend im Grünen Salon (der nicht mehr grün, sondern karminrot ist). Dann kann es vorkommen, dass sich Mummi in Ragnhilds schwarzes Crêpekleid zwängt und das Tanzbein schwingt – ein geborener Tänzer, dieses Kind, das dauernd hinfiel –, verwandelt in ein geheimnisvolles und gefährliches Wesen, das weder gehemmt noch nachgiebig ist wie er selber, wenn er nicht tanzt.

In diesem Mummi im Kleid und mit Lippenstift erkenne ich meinen kleinen Bruder, schluchzend im Bett: *Gibt es dann nie wieder Brei?* Ich sehe ihn halb nackt auf der Arztliege mit einem roten Kugelschreiberherzen auf dem Brustkorb und mich mit einem gezückten Messer über ihn gebeugt: *Soll ich dir dein Mistherz rausschneiden, du armes kleines Luder?*

Ragnhild hingegen sitzt auf dem Sofa zwischen den beiden Top-Transvestiten der Stadt und sieht Mummi beim Tanz zu, als befände sie sich auf einem Abschlussball in der Tanzschule. Ich beobachte sie und frage mich, ob es nicht natürlicher wäre, wenn sie es sich zu Herzen nähme, dass ihr erwachsener Sohn in einem Kleid (noch dazu ihrem eigenen) die Schwulen im Grünen Salon anmacht. Nein, genau wie immer sitzt sie einfach da und sieht durch alles und alle hindurch.

Mummi steigert sich in noch schnelleres Hüftschwenken und umnebelten Blick hinein (vielleicht tanzt ja das Hausmedium durch ihn), und irgendjemand aus der Gruppe reicht Ragnhild die Mandoline. Sie spielt *Plaisir d'amour*, und die Schritte ihres Kindes werden so aufreizend, dass die Freunde kaum noch zu halten sind.

In mir beginnt der Zorn derart zu kochen, dass ich mich in eine Dampfmaschine verwandele, und der Dampf zischt mir zu Nase und Ohren heraus. Was kann ich anderes tun, als mich überaus sanft zurückzuziehen, obwohl ich Gefahr laufe zu vergessen, Ragnhild ins Bett zu bugsieren, bevor das Spiel noch wilder wird.

Ich begebe mich in meine alte Zufluchtsstätte, die Waschküche, setze mich auf den Küchenhocker und fülle den Raum mit innerem Dampf, den ich anschließend hinauslasse, indem ich Fenster und Türen öffne, sowohl die zum Flur als auch die zu meinem Zimmer, zur Katakombe. Ich darf diese giftigen Dämpfe nicht einschließen, sonst ersticke ich. Vor allem muss ich den Gedanken abziehen lassen, dass Ragnhild GE ist, der Große Exterminator; dass ich sie umbringen könnte, um Mummi und mich zu schützen, obwohl wir angeblich groß sind, und dass sie sich rasch der EG nähert, der Eiskalten Gruft.

Nicht Ragnhild, nicht Mummi, niemanden will ich dabeihaben, wenn es an die Neugestaltung meines Schimmelzimmers geht. Das werde ich bis zum allerkleinsten Riss in der Wand selber organisieren und selber durchführen. Mich juckt es in den Fingern, daraus das schönste Boudoir in der Stadt zu machen – wahrscheinlich mit rötlichem Parkett. Auch wenn ich sündigen und etwas Seltenes aus den tropischen Regenwäldern nehmen müsste. Dazu wird ein fernöstlicher Teppich für das Regenwaldparkett gekauft, handgewebt aus Seide oder Wolle, hoffentlich nicht mit Kinderfingern, und Mummi darf mir dabei helfen, ihn auszuwählen.

Wer weiß, vielleicht werde ich schließlich in diesem Zimmer einmal etwas über das Glück lesen, während ich es am eigenen Leib erfahre; vielleicht mache ich ein Musikzimmer daraus, mit einer Bang & Olufsen-Anlage und einem neuen

Riesensofa. Dort könnte ich mir mit dem Liebsten traurige Messen anhören und richtige Requiems, wie gut würde uns das zu Gesicht stehen, während sich die ungesagten Worte zwischen Küsschen der alten Art und erwachsenen Küssen vorwärtswinden.

Ich versetze meinen grauhaarigen Liebsten in das schönste Zimmer in der Stadt und uns beide auf ein sonderangefertigtes Luxussofa, das wir zusammen auswählen, vielleicht machen wir das im Internet. Oder wir unternehmen eine Reise in das Land, in dem du lange zu Hause warst, und probieren das Sofa aus. Dann wird es mir zuteil, die italienische Ausgabe von dir in italienischer Landschaft zu sehen und zu hören, und du sagst mit deiner beherrschten Stimme: *Hör mal, Lí! Sieh mal, Lí!*

Ich stolperte nicht über die Schwelle im Mokka. Ich ging direkt auf dich zu. Du trankst einen Mittelstarken mit Milch, genau wie beim letzten Mal, aber nicht am gleichen Tisch.

Grüß dich und willkommen daheim, sagte ich, darf ich mich zu dir setzen.

Bitte sehr.

Und du lächeltest wie früher mit den Augen, und auch mit dem Mund – was aber immer viel seltener gewesen war. Jetzt gab es da Fältchen um den Mund herum, die auf mehr Fröhlichkeit als in unserer alten Zeit hindeuteten. Der eine Schneidezahn oben war ein wenig schief geworden und unterstrich verschmitzt den unerwartet frohen Zug an dir in einer neuen Zeit.

Erst hole ich mir einen Kaffee.

Lass mich.

Das war etwas, was du oft sagtest: *Lass mich.*

Ich setzte mich und beobachtete dich am Tresen, schlaksig attraktiv, am Beginn der neuen Zeit, sah dir zu, wie du den Kaffee für mich bezahltest und mir mit den sicheren Händen brachtest, die ich von früher im Gedächtnis hatte und sofort als verändert wahrnahm: die langen Finger, vor allem der kleine und der Zeigefinger, waren jetzt ein wenig gekrümmt, und die Hände waren sonnenbraun; und all die vergangene Zeit hatte sich in diesen warmen Händen niedergelassen. Jetzt schloss ich sie ins Herz.

Im Anschluss ans Mokka gingen wir wie immer spazieren. Ich war darauf eingestellt, trug den blaugrauen langen Mantel, genau die gleiche Farbe wie der Anorak, den du mir im Scout-Geschäft ausgesucht hast. Das einzig Farbige, was ich mir je gekauft habe, abgesehen von dem türkisblauen Badeanzug.

Wir gingen in den Garten des Einar-Jónsson-Museums und setzten uns auf eine Bank inmitten der Skulpturen. Die Worte wichen von uns. Die Skulpturen hätten aber viel zu sagen gehabt, wenn sie hätten reden wollen, denn sie bewahrten die Geschichte von uns beiden auf, jedes Wort und viele Küsse in diesem Garten.

Als wir da in dieser trauten Umgebung saßen, warst du so lieb, deine neue sonnenbraune Hand über meine farblose Hand zu legen. Bruchstücke aus meinem Leben preschten aus allen Richtungen heran und trachteten danach, ein Ganzes zu bilden, vielleicht eine zusätzliche Skulptur im Garten. Das verwirrte mich, und ich legte meinen Kopf auf deine Schulter, wie ich es sehr oft in diesem Garten getan habe.

Es war nicht leicht, aufzustehen, als es an der Zeit war. Ich musste mich auf dich stützen. Dann aber trugen mich die Füße genau wie immer durch den Park am Teich zur Ægisíða am Meer, über dieselben Straßen mit denselben Namen, dieselben Pfade. Der Himmel über dem Maiabend war seltsam grau und das Meer ebenfalls, die Luft aus dampfendem Dunst und das Meer aus Metall. Das war zwar grandios, aber nicht warm. Irgendein Tod fiel mir ein, aber das behielt ich für mich, zumal die Vögel lauthals gegen alles Derartige protestierten, unternehmungslustig, wie sie waren, und eigenartig wohlwollend am Himmel, der die Grenzen von Meer und Himmel verschwimmen ließ.

Du führtest mich am Meer entlang und zitiertest dabei das Kapitel aus dem Fischkonzert. Uns kamen die Tränen, nicht nur, weil es so schön ist, sondern auch, weil wir keinen Jungen hatten wie den, den Björn in Brekkukot bei sich haben durfte. Sie ruderten zusammen zum Fischen aus, der Junge und der Alte, und genau von dieser Stelle legten sie ab unter blankgeputzten Sternen. Gingen anschließend wieder auf denselben Pfaden zum Ort wie wir.

Unterwegs stellte sich heraus, dass du vorhattest, am nächsten Morgen früh zu deinem Sommerhaus in Fljótshlíð zu fahren, am Freitagmorgen. Bei der Melar-Schule fragtest du mich, ob ich nicht mitkommen wolle.

Ich sah, wie sich das Tor öffnete, und dahinter war das Leben, das noch blieb – ein ganzes Feld voller Sonnenblumen, Storchschnabel, Iris und Wiesenschaumkraut – eine zu unrealistische Mischung, um sentimental zu werden –, eine

Träne tropfte, und ich sagte, ich würde zu deinem Sommerhaus kommen, ich hätte aber morgen Abend die Schicht.

Ich bleibe über das Wochenende, sagtest du. Kommst du dann am Samstag?

Ich komme morgens, nicht morgen, sondern übermorgen. Samstagmorgen.

Dein seltenes Lächeln blitzte auf, wenn du auch mit dem Mund lächelst, das ist konkreter, als wenn du nur mit den Augen lächelst. Egal wie, es ist ein strahlendes und neutrales Lächeln, es verlangt nie eine Stellungnahme, weder pro noch contra, es ruht nur in sich selbst und verlangt kein Gegenlächeln.

Du brauchtest die ganze Strecke aus dem Melar-Viertel ins Þingholt-Viertel für eine Wegbeschreibung zu einem Sommerhaus in Fljótshlíð mit hellblauem Dach, mit Abschweifungen.

So wie du es handhabst, ist eine ausführliche Wegbeschreibung mit Abschweifungen nicht ermüdend. Du hast es immer verstanden, nicht ermüdend zu sein, auch wenn du detailliert und ausführlich wirst, was dein Stil ist, und auf unbefestigte Straßenränder und Kanalrohre hinweist, dort, wo die Straße sich verengt. Unglaublicherweise kannst du auch ebenso gut zuhören, lange lange lange, ohne selber etwas zu sagen, obwohl man es kaum Schweigen nennen kann, wenn dir das Lächeln in die Augen steigt, und das trifft sich gut, wenn ungesagte Geschichten hereinbrechen, darunter eine mit einem neuen Schluss, den ich noch vor Fljótshlíð herausfinden muss, in diesem Haus in Hafnarfjörður, dem ich schon lange einen Besuch abstatten wollte.

Du gabst mir am Spitalstieg zwei himmlische Abschiedsküsse, ich dir auch, und ich ließ den Mazda dort auf dem Bürgersteig stehen und ging heim zu meinem Elternhaus und du zu deinem.

Ein altes Glücksgefühl wollte sich bei mir einschleichen, und im gleichen Moment begannen die Kräfte zu schwinden. Ich fühlte mich so daneben wie bei einer Grippe, ich hatte auch Gliederschmerzen, deswegen griff ich auf deine Wegbeschreibung zum Sommerhaus mit dem blauen Dach zurück und schrieb sie in meiner Fassung auf zwei Seiten nieder. Wer weiß, vielleicht bringe ich sie dir mit, damit du dich darüber amüsieren kannst.

Mir wurde ganz schwummrig beim Gedanken an nicht verwirklichte Liebkosungen und an eine lange Geschichte über alles, was niemand weiß, und vielleicht sollte ich dich unter anderem verschonen mit dem Tag, an dem ich damals doch wieder aufwachte, denn du warst meinetwegen immer so betroffen, wie sich an dem blaugrauen Anorak aus dem Scout-Geschäft zeigte, und ich wurde noch kraftloser angesichts des bevorstehenden Glücks, das gerade begonnen hatte; eine über sich selbst gerührte Person; und drei überlebende Mandolinen aus einem Orchester, das aufgelöst wurde, weil ich zur Welt kam, sind immer noch im karminroten Grünen Salon zugange (die alten Herzen schlagen im Sherry-Takt, da mitgeträllert wird) und das alles übertönende Silber in Ragnhilds Stimme, der weder Kettenrauchen, lebenslanges Liebesleid noch die toten Kinder auf der Station etwas anzuhaben vermochten.

Schön ist das Lei
dei dei dei dei dei dei …

Ich erwachte überglücklich und wie erschlagen nach langem, dichtem Schlaf, genauso hatte ich den Schlaf zu Zeiten der Spaziergänge mit dem Liebsten in Erinnerung. Fljótshlíð kam in diesem Traum vor und die Suche nach einem Sommerhaus mit blauem Dach, das ich nicht fand, obwohl ich mit meinem Sportwagen schon fast am Ziel war. Aber ich wusste, dass ich es im Wachen auf Anhieb finden würde, denn der Weg dorthin war nicht kompliziert und deine *Wegbeschreibung* präzise, noch dazu von mir selber niedergeschrieben, mit Einschüben.

Ich hätte ganz gut gleich mit dir fahren können. Ich hätte die Nachtschicht mit Erla oder Tóta tauschen können. Aber ich musste noch etwas erledigen, was keinen weiteren Aufschub duldete. Noch vor der Reise in die Fljótshlíð musste ich mit dem Kind mit den Zöpfen sprechen, mit Dór. Es hatte etwas mit deiner Rückkehr zu tun und mit unserem Wiedertreffen nach komplizierten und verwinkelten Umwegen. Das Leben ordnete sich mit furchterregender Geschwindigkeit, ohne Vorwarnung; es sollte ohne doppelte Arbeit geschehen, mit einem neuen Ende aus einem Haus in Hafnarfjörður, bevor mein wunderschöner Liebster (wie der Prinz im Märchen von Dór) und ich das Leben an sich in einer neuen Zeit mit Liebkosungen in Angriff nehmen konnten, und hoffentlich Renovierungsarbeiten an beiden Orten.

Das Märchen von der Königstochter Dór

Die Königstochter Dór war gerade zur Welt gekommen, als sie im Hafen an Land gespült wurde. Sie lag wie Moses in einem Weidenkörbchen. Hafenarbeiter retteten ihr das Leben und wärmten sie, indem sie heißes Wasser in Flaschen füllten. Einer dieser guten Männer war mit der Näherin Nellí Rósa in der Grettisgata verlobt, und dorthin begab er sich mit dem armen Kind, das nach den Strapazen der Reise dem Tode näher war als dem Leben.

Nellí Rósa nahm das Mädchen voller Freude zu sich und zog es auf, als wäre es ihr eigenes Kind. Weil sie aber anfing, viel zu trinken und Gras zu fressen, als der Arbeiter sie verlassen hatte, kamen böse Nornen in die Grettisgata und holten Dór mitsamt ihrem Bett ab. Das Kind wachte nicht auf, aber Nellí Rósa war verzweifelt und fraß noch mehr Gras und wäre am liebsten nie geboren worden.

Nellí Rósa hatte immer ein Bild des Mädchens auf ihrem Tisch stehen und vermisste sie mehr als die beste Mutter.

Bald zog Nellí Rósa weg aus der Grettisgata, ohne ihr Sonntagskleid einzupacken, und sie begann, in einem Fjord Hering einzusalzen. Mit wundersamer Geschwindigkeit verdiente sie viel Geld, wovon sie einiges in ein Kistchen legte und vergrub. Da brachten ihr die bösen Nornen Dór mitsamt ihrem Bett zurück, und es gab ein freudiges Wiedersehen in dem grasgrünen Haus am Meeresufer.

Dór verbrachte schöne Tage bei Nellí Rósa, die sie natürlich Mama nannte, aber häufig lag sie krank danieder in dem warmen Wohnzimmer, in dem aber keine Feuchtigkeit war. Sie besaß sogar einen changierenden Goldfisch in einem Glas. Eine gelähmte und behinderte Nachbarin sorgte dafür, dass es ihr an nichts fehlte, während ihre Mutter im Akkord arbeitete, um mehr für Dór kaufen zu können.

Nach der Rückkehr zu Nellí Rósa wurde Dór bald sehr wählerisch in Bezug auf das Essen, und wenn sie kränklich war, ernährte sie sich fast ausschließlich von Pfannkuchen und heißer Schokolade, Malzbier und Cremeschokolade. Ihr wurden sogar Kokoskugeln ans Bett gebracht. Bei diesem Schlaraffenleben wurde sie immer dicker und bekam eine über die Maßen empfindliche Kopfhaut, denn ihre Zöpfe waren viel zu lang. Die Mutter in ihrer Herzensgüte mochte sie aber nicht abschneiden und konnte deshalb manchmal dazu gezwungen sein, Dórs Haar eine halbe Stunde lang zu kämmen und zu flechten, bevor sie sich wieder über die Heringstonnen beugte, und man kann sich vorstellen, dass das sehr anstrengend war. Dieses Opfer brachte sie jedoch gern, weil sie ihr Mädchen so überaus lieb hatte.

Einmal wurde Dór mit der empfindlichen Kopfhaut so böse, als Nellí Rósa mit ihren Strubbelhaaren kämpfte, dass sie sagte: Wie wär's, sich bei dem schönen Wetter heute zu erhängen?

Als Nellí Rósa diese seltsame Frage hörte, begann sie laut zu weinen. Da bereute Dór ihre Worte, denn sie war auf gar keinen Fall durch und durch böse.

Nellí Rósa erzählte ihr schließlich die Geschichte, wie Dór in einem Weidenkörbchen im Hafen gefunden worden war, mit einer Goldkette um den Hals, an der ein winziges goldenes Krönchen hing.

Diese Geschichte machte Dór sehr nachdenklich, und von da an besserte sie sich. Sie fing an, in dem grünen Haus zu putzen, und wenn ihre übernächtigte, bleiche Mutter von der Akkordarbeit nach Hause kam, war alles blitzsauber.

Nun ging Dór auch immer häufiger zum Kai hinunter. Einmal sah sie ein Bild ihres Vaters, des untermeerischen Königs, das sich im Wasser spiegelte. Sie fand, dass er traurig aussah mit seinem langen Haar, das sich weithin im Meer ringelte, und darin schwammen Grundfische und andere Butts, zusammen mit norwegisch-isländischem Hering. Sie hörte, wie flüsternd ihr Name gerufen wurde: DÓ-Ó-R. Sie beschloss, sich von der matten Stimme erweichen zu lassen, aber sie wollte nicht zu ihrem Vater zurückkehren, ohne Nellí Bescheid zu sagen.

Deswegen ging sie noch einmal ins grüne Haus und schrieb folgenden Zettel:

Ich gehe dorthin, woher ich kam. Unser Vater liegt im Sterben. Lebe wohl, gute Mutter.

Der Vater nahm sie mit offenen Armen auf und lächelte endlich, auch wenn er traurig war, denn seine Königin war gestorben, die wirkliche Mutter von Dór. Er führte die Königstochter Dór hinab in sein Reich mit den Schlossanlagen, die an Venedig auf dem Kopf erinnerten, und dort wird sie im Lauf der Zeit die Königin unter dem Meer, und zu ihr taucht ein wunderschöner Prinz hinab.

Die Wettervorsage stimmte, kein Wölkchen am Himmel. Der Zeitplan stimmte. Es war erst halb sechs. Fertig mit Bad, Maske und Moisturizer, vom Scheitel bis zur Sohle eingecremt, fast fertig mit dem Föhnen. Nach dem Wochenende werde ich die Haare blond färben lassen, aber nicht ganz so hell, wie es in unserer Zeit war.

Ich verweilte vor meinem Anblick im Rauchglasspiegel mit der eingebauten Halogenbeleuchtung. In diesem qualitativ hochwertigen Spiegel sieht man, dass die Brüste immer noch wie Fremdkörper sind; aber nicht aus demselben Grund wie damals, als sie eben gesprossen waren. Jetzt sitzen sie eher ausdauernd und trotzig an ihrem Platz und haben um keinen Millimeter nachgegeben, sie sind weder zur Seite noch zur Mitte gedriftet, und die Brustwarzen sind hellbraun und frisch wie immer. Zwei kleine saugende Münder haben nichts daran geändert. Alles andere hat sich in der Zwischenzeit geändert.

Die vier Streifen an meinem Bauch zeugen davon, dass er meine Töchter behaust hat. Meine Knöchel sind blau von geplatzten Kapillaren, und an den Waden finden sich erste Anzeichen von Krampfadern. Klassische Apfelsinenhaut an Schenkeln und Hüften.

Ich habe keine jungen Hände und klaren Augen mehr. Keiner, der so viele Menschen hat sterben sehen wie ich und versucht hat, sie zu betreuen, lebend, halb tot oder tot, kann kristallklare Augen und gepflegte Hände haben. Unter dünnen Pullovern trage ich oft keinen BH, höchstens manchmal ein Seidenhemd, es ist gut, das vorzuzeigen, was präsentabel ist, auch wenn man damit keine besonderen Absichten verbindet. Auf dem Weg nach Osten zu dir werde ich den türkisblauen Pullover tragen, den ich mir gestern kaufte, bevor ich zu Dór fuhr – als endlich die Zeit der Farben gekommen war.

Ich ließ meine kleine Reisetasche an der Haustür zurück, um sie auf keinen Fall zu vergessen, und ging nach oben. Mama hat jegliches Zeitgefühl verloren, und man kann zu jeder Tages- und Nachtzeit mit ihr in der Küche rechnen, im karierten Hausmantel von Papa.

Guten Tag, Mama. Kannst du nicht schlafen?

Ich habe ein bisschen geschlafen, aber ich habe schlecht geträumt.

Vergiss es. Träume sind Schäume.

Das Morgenschweigen in der Sjafnargata, in diesem dickwandigen steingrauen Steinhaus mit der langen Treppe und dem unnatürlich tiefen Garten, legte sich über die Küche und sämtliche dreihundertsechzig Quadratmeter.

Nimm dir einen Kaffee, meine Liebe. Es ist nicht gut, mit hungrigem Magen in sagaträchtiges Gebiet zu fahren. Ich habe auch schon Haferbrei gekocht.

Es wurde hell in der Küche, in Ragnhilds Reich, und ich empfand etwas, was Dankbarkeit ähnelte, während ich auf der Schwelle stand und Mamas altes Antlitz betrachtete, Ragnhilds Gesicht, die in ihrem Starrsinn zu gut gewesen war, zu gut auch, um an ihre gesunden Kinder zu denken – soweit sie überhaupt ein Bewusstsein dafür gehabt hatte, dass sie Kinder hatte, denn das wäre ja auf Kosten der kranken Kinder im Krankenhaus gegangen.

Doch das Kind hatte es aus purem Zufall heraus geschafft, lange genug zu leben, und wurde später zum Kind seiner Eltern und begann ganz selbstverständlich Mama zu sagen. So lange hatten das Kind und die Mama gelebt, dass es zum Schluss morgens von Mama Haferbrei mit Honig und Sahne vorgesetzt bekam.

Ein später Mamabrei, Entschädigung für etwas, von dem ich nicht einmal weiß, was es ist, mehr als das kann man nicht von einem Leben erwarten. Was sein sollte (the real thing), lauert hinter den Entschädigungen wie der Schatten eines Regenbogens. Der Regenbogen selber, das, was sein *sollte*, ist nicht einmal zu sehen.

Das ganze Dasein ein Entschädigungsversuch für etwas, was fehlt. Es sei denn, dir und mir in Fljótshlíð würde es gelingen, den Schwanz des Regenbogens zu erwischen, nicht nur seinen Schatten.

Gute Fahrt, bestes Kind, sagte sie zuletzt, und ich küsste meine Mama Ragnhild auf die Wange und strich ihr sogar übers Haar, das keineswegs völlig ergraut war.

Danke, liebe Mama.

Auf dem Weg über die Existenztreppe nach unten kreiste es in meinem Hirn: bestes Kind.

Gute Fahrt, bestes Kind.

Das konnte ein Satz aus einem Märchen sein, so abenteuerlich und lieb war er.

Die Ragnhildmama hatte mich bestes Kind genannt.

Es stieg mir zu Kopf, als hätte ich mit dem Haferbrei Champagner bekommen.

Dornröschen war das beste Kind
Ratata, ratata,
Dornröschen schlief dann rallala, rallala, rallala …

Ich nahm die Reisetasche und öffnete die Haustür hinaus in die Überhelligkeit der Sjafnargata im Mai, hinaus in den

Morgen, bevor der Tag beginnt. Der Garten tanzte wie an dem Morgen, an dem Harald starb und ich mich in sein Kind verwandelte, endlich.

Ra ralla lalla bestes Kind bestes Kind, bestes Kind …

Nicht in einem Barracuda wie früher einmal eine Zahnärztin im Þingholt-Viertel, aber doch mit genügend PS, die Krankenschwester im Mazda Sport auf dem Weg zu ihrem grauhaarigen Geliebten in Fljótshlíð, der sie dort mit Kaffee erwarten würde (nicht sicher, wohl noch gar nicht aufgewacht), aber er würde mich mit gut gewählten und reichlichen und sehr willkommenen Liebkosungen erwarten, die speziell dazu dienten, das Leben wieder zusammenzufügen. Nur sie taugten dazu, aus dieser zersplitterten Farblosigkeit ein ganzes Leben mit echten Farben zu machen. Das war eine mehr als oft bewiesene Tatsache.

Entschädigungen standen jetzt nicht mehr auf dem Programm, was für ein widerliches Wort, *Entschädigungen*, und viel zu üblich im Leben, nein, jetzt würde man das zu fassen bekommen, was sein sollte, von jetzt an würde man die Poesie zum Leben machen, Schluss mit dem Herumhängen in der bitterkalt-feuchten Entschädigungszone zwischen Poesie und Leben.

Der Junge ging mir vor allem durch den Kopf, als ich durch das stürmische Mailicht stob, bevor andere auf den Beinen waren, um sich davon bescheinen zu lassen. Ein überaus heller Glanz war in den frischen Blättern der vorbeisausenden Baumäste im Park an der Miklabraut, der früher Klambratún hieß, als wir in der alten Zeit zusammen spazierten, bei Sonne und Wind genau wie jetzt, bei allen Wettern, rieselndem Schnee, Nebel …

Ich hatte diesen schlaksigen, schönäugigen Jungen, der dir glich, nie aus dem Blick verloren. Hätte ich sortieren und stapeln müssen, wonach ich mich sehnte, wäre dieser Junge wohl zuoberst gelandet. Und Gott oder jemand anders hatte dafür gesorgt, dass es immer noch möglich war, den betreffenden Jungen zu bekommen. Im Übrigen mochte Gott wissen, ob du auch Interesse an diesem Jungen hättest. Das würde sich vielleicht nachher in Fljótshlíð herausstellen, im Lauf des Morgens, an diesem Samstag.

So viel steht fest, du hast den Abschnitt aus dem Fischkonzert gleich zu Beginn der neuen Zeit zitiert:

Ich habe oft gedacht, wie gut der Erlöser gewesen ist, mich zu diesem Mann zu schicken, damit er mein Schutz und Beistand sei, und ich beschloss, bei ihm zu bleiben, solange er lebte, und immer im Spätwinter Seehasen mit ihm zu fangen. Und hoffentlich würde Gott es so einrichten, dass er mir erhalten bliebe, bis ich selber in sein Alter gekommen war; dann wollte ich irgendwo einen kleinen Jungen finden, um mit ihm auszurudern und die Netze zu inspizieren, während die Sterne des Winters noch hell strahlten.

Das Seltsame war, dass ich deinen und meinen Jungen nicht direkt mit dem in Verbindung bringen konnte, was erforderlich war, um ihn zustande zu bringen, und ich muss gestehen, dass mir bei dem Gedanken daran schwach wurde. Gleichzeitig war ich aber auch glücklich auf dem Weg zu dir, als ich da in aller Herrgottsfrühe über die Berge fuhr.

Ich kannte es noch aus der Zeit, als wir in jenem Frühjahr zusammen jung waren, dass Glück und Kraftlosigkeit sich mir in einem verrückten Kuddelmuddel um den Kopf schnürten. Jetzt musste ich mich schwer zusammenreißen, um einen spritzigen Mazda die ganze Strecke bis zum Anlass der Freude zu steuern, in der Hoffnung, die Fäden des Lebens zusammenzuknüpfen, so lose und zusammenhanglos, wie dieses Leben war; aus den Fäden ein zuverlässiges Band mit lockerem Knoten um meine Taille zu flechten, so wie du deine jugendlichen Arme um meine Taille geschlungen hattest, die einzigen Male im Leben, in denen ich existierte. (Na ja, vielleicht existierte ich ja auch, als meine Töchter klein waren, aber das war anders.)

Und die Besorgnisse begleiteten Glück und Hoffnung auf dem Weg zu dir in den Süden über die Berge. Ich tröstete mich damit, dass es gemäß dem Gedicht von Sigfús Daðason nicht anders sein könnte. Sie verfolgen einen bis in den Tod, sagt er, *wunderbar gelenkig, hoch gewachsen, rank.*

Die Besorgnisse drehten sich vor allem um unsere festgelegten Reykjavík-Liebkosungen und ob es gelänge, in Anbetracht anderer Lokalität und Zeit an ihnen zu rühren. Diese exorbitanten Besorgnisse waren auch nicht zu mildern, indem man sich streng auf die Brüste hinwies, die keineswegs erschlafft waren, sondern so aussahen, als hätte ein Bildhauer sie auf den Sockel des Brustkorbs gegossen, so hoch über der Taille, dass es die Wirkung der Skulptur optimierte.

Während die Sonne höher stieg und das Moos genau so beleuchtete, wie ich mir in dem hellgrünen Moosgedicht vorgestellt hatte, vermied ich es, weiter über deine Einstellung zu Liebkosungen nach Erwachsenenart nachzudenken. Philosophie ist nicht meine starke Seite, ich dachte trotzdem an den Existenzsprung ins Dunkel, an Kierkegaard, über den ich im *Familienjournal* gelesen hatte, und ich sagte das Gedicht halblaut auf.

Bald trennt uns nichts
als hellgrüne Lava

Schauplatz tanzender Strahlen an Farn und Halm

deine selige Hand wird mich geleiten
zu beginnenden Schatten

und nichts
wird ferner deine Hand und mich trennen.

An einem Maimorgen sollte es sein. Keines anderen Monats Morgen kam in Frage. Das Leben hatte gezaudert, sich verkorkst, war beleidigt abgezogen und entweder unerträglich langsam vergangen oder irgendwie vorwärtsgezuckelt – und jetzt ging es endlich los und machte regelrechte Fortschritte, und was noch mehr war, ein Traum war in Erfüllung gegangen. Ein Traum, es gab keine anderen.

In Fljótshlíð warteten die Liebkosungen, etwas, was sie schon vor so langer Zeit abgeschrieben hatte, dass sie sich kaum erinnern konnte, wann. Sie hatte sich keine Hoffnungen auf weitere Zärtlichkeiten im Leben gemacht, und angesichts all der Sterbenden und der Zimmer in der Sjafnargata hatte sie auch ganz andere Dinge im Kopf gehabt.

Andere Dinge im Kopf, als das geschah, was undenkbar war. Das Äquivalent eines gestorbenen Liebhabers kehrte in lebendiger Form zurück. Der, dem sie so heftig nachgetrauert hatte, wie es ihre Kräfte neben anderen Aufgaben zuließen. Der, den sie vermisst hatte, als sie die Kinder eines anderen unter dem Herzen trug, und wenn sie einkaufte, wenn sie leise mit Schwerkranken und Sterbenden sprach, während sie spülte.

Als Unnur und Ása klein waren, träumte sie, er wäre der Vater und sie würden an glänzenden Flüssen und gläsernen Seen zu viert spazieren gehen. Meistens im Frühling und im Herbst.

Unnur und Ása wuchsen in doppelter Leere heran, zum einen in der Trauer der Mutter und zum anderen, weil derjenige, dem sie nachtrauerte, nicht der Vater ihrer Kinder war. Und auch nicht der Vater anderer Kinder. Sie wagte nicht daran zu denken, ob ihr das ein Trost sein könnte. Das wäre nicht schön von ihr.

Sie hatte sich selbst im Verdacht, Krankenpflege gewählt zu haben, mit Schwerpunkt auf Betreuung von Sterbenden, um über den Verlust des Liebsten hinwegzukommen, über die Sehnsucht nach richtigen Liebkosungen und hundertprozentiger Nähe. Denn angesichts der Todesnähe anderer vergaß sie am ehesten, die Hauptgedanken zu denken: Mir wäre es gleichgültig, wenn ich nicht existierte. Nicht existieren zu dürfen, das wäre besser gewesen.

Als er zurückgekehrt war, mit grauem Haar und sonnenbraunen Händen, begriff sie, dass Bitterkeit der Grundton im Dasein ist. Viel stärker als Sehnsucht oder Liebe. Bitterkeit darüber, dass einem etwas genommen wurde. (Alles? Das, was eine Rolle spielt?) Und sie begriff, dass sie sich alle Mühe geben musste, um die Liebe zu entwickeln, denn die war nach der langen Zeit nebelhaft – obwohl sie sich etwas anderes eingebildet hatte.

Sie betrachtete ihr dreiundvierzigjähriges Gesicht im Rückspiegel, und siehe, es war strahlend müde. Eine schwierige Abendwache, obwohl niemand ganz gestorben war. Sie war erst um halb zwei ins Bett gekommen und um fünf Uhr aufgewacht, um im Wettlauf mit dem Tag losfahren zu können und um halb acht in Fljótshlíð einzutreffen, wo der Mann endlich wartete, nach zwei halben Menschenleben, bei kunterbuntem Gesang von Maivögeln unter keiner Wolke am Himmel.

Gern hätte sie ihr ausgeschlafenes Gesicht gezeigt. Aber das müde Gesicht war ihr wahres und Schlafmangel ein Dauerzustand, seit sie als Krankenschwester arbeitete.

Sie hielt es aus, indem sie sich weismachte, nicht mehr als vier Stunden Schlaf zu benötigen. Das stimmte nicht. In jüngeren Jahren vertrug sie den Schlafmangel allerdings gut. Jetzt, nachdem sie endlich mit den Nachtwachen aufgehört hatte, überfiel sie gelegentlich aus heiterem Himmel Schlaf, und zwar so dringend, dass sie die schwarzen Gardinen zuzog und zwölf Stunden, vierzehn Stunden an einem Stück schlief. Im Schlaf dankte sie Gott dafür, keinen Mann zu haben, der fragte: Wo ist das Telefonbuch hin?, sie dankte Gott dafür, dass ihre Töchter aus dem Haus waren; sie dankte Gott dafür, dass Ragnhild sich nicht in ihre Schlafgewohnheiten einmischte. Wenn sie nach zwölf Stunden Schlaf erwachte, war sie im Spiegel fünf Jahre jünger. Einen Tag später hatten sich die Jahre wieder eingestellt.

Der grauhaarige Mann in Fljótshlíð hatte vielleicht schon den ersten Kaffee gekocht, denn er stand nie später auf als sieben, häufig sogar schon um sechs oder halb sieben. Diese Angewohnheit aus seiner Jugend hatte er beibehalten. Er würde außerordentlich erstaunt sein, sie so früh am Morgen zu sehen, da er wusste, dass sie die Abendschicht gehabt hatte. Sie wollte sogar das letzte Stück zu Fuß gehen, um ihn noch mehr zu überraschen. Das ließ sich aber nur machen, wenn sie das Auto in einiger Entfernung abstellte, denn die morgendliche Stille in Fljótshlíð ist so überwältigend, dass eine zuklappende Autotür weit über den Hang zu hören wäre.

Dieser Mann, der den Kaffee gekocht haben würde, liebte sie richtig, solange sie sie selbst war, nachdem sie der zähschimmeligen Kindheitshülse entschlüpft war, bevor sich die Erkenntnis einstellte, und mit ihr die Bitterkeit der Lebensauffassung einer Erwachsenen.

Sie hatte ihm nichts erzählt, auf jeden Fall nichts Besonderes. Er, und außer ihm niemand, wusste ganz genau, wer sie war und wie sie war; das Geheimnis hatte er aufbewahrt, während sie an anderen Orten auf der Welt existierte als er und sich um die Kinder eines anderen kümmerte.

Als Unnur und Ása klein waren und ich in Kopenhagen Nachtschichten machte, warst du überall präsent, doch die Zeit war zu zersplittert für ganze Gedanken. Als die Mädchen heranwuchsen und ich keine Nachtschichten mehr machte, formten sich meine Gedanken zu einem Bild von dir, das meine tägliche Aussicht wurde. Und auf Strøget und Vesterbro stellte sich heraus, dass Tage und Wege nichts zu bedeuten hatten, mit Ausnahme der Monate, die wir zusammen waren. Dass man auf das sogenannte Leben nichts geben konnte, weil du nicht dabei warst. Meine Töchter hielt ich bewusst aus diesen Gedanken heraus, da hatte niemand etwas zu suchen als du und ich.

Das einzige Wölkchen am Himmel über dem Gletscher Eyjafjallajökull löste sich gerade auf, und ich dachte darüber nach, wie ich an dich denke, während ich die im Winde verwehende Wolke beobachtete. Es kam mir nicht so vor, als richte sich die Sehnsucht nach dir auf etwas Besonderes. Sie war ganz im Gegenteil allgemein wie Hunger, Durst oder wie brennende Neugierde auf etwas Bestimmtes und deswegen unstillbar. Falls sich diese Sehnsucht auf etwas richtete, dann vielleicht auf ein Flüstern am Ohr, im Schwimmbad: Ich gehe jetzt raus. Und, wenn auch unklar, auf das Verweilen der Hände, bis diese eine Wolke der Auflösung zum Opfer fiel.

Geistesabwesend. Nicht weniger als Ragnhild vormals. Sie wusste nicht, aus welcher Richtung der Schlag kam, und spürte ihn eigentlich erst im Nachhinein, nachdem sie gedacht hatte: Das ist ein Schlag.

Auch hörte sie ihn kaum.

Dass eine Person unter geistesabwesenden Haralds und Ragnhilds von Kindesbeinen an eine solche Übung in Geistesabwesenheit hat, dass sie einen Schlag nicht einmal bemerkt, jedenfalls nicht gleich. Den finalen Schlag vielleicht. Ihn kaum zu hören, oder nur schwach, nicht sicher zu sein, ob es überhaupt einer war.

Sie spürte keinen Schmerz. Sie spürte noch keinen Schmerz. Aber er war abzusehen, der Schmerz, der anzeigte, dass es jetzt vielleicht vorüber war.

Nein, wie konnte das sein?

Sie hatte doch in der Ferne bereits das hellblaue Dach eines glückverheißenden Sommerhauses ausgemacht, wo ein wacher Mann mit Kaffee wartete, nun ja, vielleicht nicht direkt wartete. Er konnte ja nicht wissen, dass sie in aller Herrgottsfrühe unterwegs sein würde.

Wie konnte das sein, dass es zu Ende war? Sie hatte sich doch endlich auf den Weg gemacht und Dóra getroffen, die Dóra, die wirklich existierte und irgendwo zu Hause war.

Sie musste aber dankbar dafür sein, sie getroffen zu haben. Auf diese Weise würde der Abgang, falls er es war, viel korrekter – denn es ist existentiell wichtig, untadelig aus diesem Leben zu scheiden. Damit kennt sich jemand aus, der sich mit dem Tod von Menschen beschäftigt. Eine andere Sache war es, dass sie keine untadelige Leiche sein würde, und der türkisblaue Pullover, den ich auf dem Weg nach Hafnarfjörður im Einkaufszentrum Kringla erstanden hatte, würde rotfleckig sein, wenn jemand mich verunstaltet hinter dem Steuerrad auffände. Hoffentlich nicht du, für den ich diesen Pullover angezogen hatte, bevor der Samstag begann.

Seltsam, wie sehr es mir auf den Nägeln brannte, diese Dóra zu treffen, die tatsächlich existierte, mit Adresse und allem, in Hafnarfjörður. Hätte ich die Abendschicht mit Erla oder Tóta getauscht und wäre gestern mit dem grauhaarigen Liebsten in die Fljótshlíð gefahren, am Freitag, statt nach Hafnarfjörður und anschließend ins Krankenhaus, dann wäre mir dieser Schlag erspart geblieben. Wir wären mit deinem Auto gefahren. Du wärst natürlich gefahren. Das gehörte zu den Dingen, auf die ich mich besonders freute. Im Auto neben dir zu sitzen und die neuen Hände am Steuer zu sehen, sonnenbraun, Ringfinger und kleiner Finger ein wenig gekrümmt.

Dóra in Hafnarfjörður war nicht wenig verwundert, als ich anrief, das konnte sie kaum verbergen. Aber als sie merkte, wie ich herumdruckste, um mein Anliegen hervorzubringen, versuchte sie sofort, mir die Sache etwas leichter zu machen. Sie war bestimmt ein guter Mensch. Es tat aber gar nichts zur Sache, ob diese Person gut war, ich hatte Angst davor, sie zu treffen, weil sie nur in meiner Vorstellung existiert hatte.

Ich hatte ebenfalls Angst, mich zu verraten. Diese Frau durfte nicht wissen, dass ich am Tag bevor Nellí starb, in der Grettisgata gewesen war; dass sie gesagt hatte: *Das ist vorbei* und dabei gelächelt; dass alles bei ihr so tipptopp in Ordnung gewesen war, bevor sie zur Tat schritt; dass ich am folgenden Tag doch in die Grettisgata gegangen war, obwohl Nellí sich Besuche verbeten hatte; dass ich es war, die sie dann fand.

Unglaublich, dass die Freundin meiner Kindheit ausgerechnet in meine Traumlava gezogen war, die mir vorschwebte, seitdem ich sie als Kind auf einem Sonntagsausflug gesehen hatte. Direkt bei Hellisgerði, dem Zauberpark mit einem Affen und Pippi-Langstrumpf-Häusern drum herum. Damals hielt ich die ganze Zeit über Ausschau nach Pippis Pferd, das ich Sonnenscheinpferd nannte, obwohl es im Buch einen anderen Namen hatte. Dort wollte ich zu Hause sein. Aber es war Dór, die in eines von meinen kleinen Häusern mit grünem Dach einzog.

Als ich geparkt hatte, blieb ich noch eine Weile im Auto sitzen und betrachtete das Haus und die Lavasteine in der Gartenmauer und das hölzerne, mit Schnitzereien verzierte Tor. Alles war akkurat und der Garten so wunderbar gestriegelt, dass einem gleich Bewohner von der besonderen Spezies der Gärtnerzwerge einfallen konnten, die das ganze Jahr über nichts anderes taten als werkeln: anstreichen, die Bäume bis ins kleinste Gezweig perfekt stutzen und die Blumen dazu verlocken, sich in neuen und strahlenden Dimensionen zu öffnen.

An der schönen rotbraunen Haustür glänzte ein Kupferschild:

DÓRA, PAVEL, NELLÍ, SOFFÍA
TIGRID

Wie schön von Dór, ihr Kind Nellí zu taufen, nach der alleinstehenden und unglücklichen Frau. Das passte zu der Dór, die ich kannte. Dór, die sich an einem Ort voll übernatürlicher Wesen niederließ, am Traumort meiner Kindheit, Dór, die einen Mann aus meiner Traumstadt Prag heiratete und seinen tschechischen Namen tragen durfte, Tigrid. Dóra Tigrid, das war großartig.

Die Frau sah Nellí so ähnlich, dass ich sämtliche Manieren vergaß und mich an den Wohnzimmertisch setzte, bevor mir ein Platz angeboten wurde. Sie hatte das gleiche etwas längliche Gesicht wie Nellí, die gleichen hohen Wangenknochen und braunen Augen, und ihr feines lockiges Haar hatte wie bei Nellí einen Stich ins Rötliche. Sie sprach wie Nellí, in ihren Sätzen war die gleiche Melodie, die irgendwie in einem fragenden Ton endete, obwohl nach nichts gefragt wurde.

Es kam mir so vor, als würde ich diese Frau aus alter Zeit genau kennen – und nicht nur das. Auch ihr Wohnzimmer sah exakt so aus wie das in dem grünen Haus am Heringsfjord, wo ich Mutter und Tochter in einem neuen Leben zusammengeführt hatte. Dort gab es einen gewebten Wandteppich, handbestickte Kissen und einen Gummibaum, der bis zur Decke reichte. Ihr Bild mit den Zöpfen stand ebenfalls an seinem Platz auf einem polierten Schreibtisch, wie im grünen Haus. Irgendjemand war so aufmerksam gewesen, das Bild an sich zu nehmen und es weiterzuleiten. Die Polizei? Ein Verwandter?

Also konnte ich hoffen, dass sich auch meine andere Sorge als grundlos erweisen würde und dass die hellblaue Schachtel mit dem aufgesticken Namen ebenfalls den Weg zu dem Kind mit diesem Namen gefunden hatte. Aber wie sehr ich auch Ausschau hielt zwischen all den hübschen Nippes und der Steinesammlung und den Fotos von zwei kleinen Mädchen, die Nellí und Soffía sein mussten, die Schachtel befand sich nicht im Wohnzimmer. Die Mädchen konnten gut Zwillinge sein und waren ihrer Mutter wie aus dem Gesicht geschnitten. Mir fiel das Wort eingeboren ein. Beinahe hätte ich gefragt, ob es sich um eingeborene Zwillinge handelte, statt zu sagen eineiige.

Ich war komplett verwirrt. Es fehlte nicht viel, und ich hätte dummes Zeug geredet und womöglich verraten, zu welch spätem Zeitpunkt ihres Lebens ich Nellí noch besucht hatte und was ich dann sah, als ich mit der veilchenblauen Vase im Schulranzen in die Grettisgata kam. Am liebsten hätte ich geschwiegen, aber die Frau war nicht sonderlich gesprächig, und schließlich obliegt es ja demjenigen, der sich mit einem angeblichen Anliegen selber einlädt, das Gespräch in Gang zu halten.

Der große Wandteppich rettete mich, ein halb abstraktes Meeresmotiv in Blau und Grün, mit durchgängigen glänzenden Fäden, die an einigen Stellen heraushingen. Ich sagte, noch nie hätte ich eine solche Webarbeit gesehen. Es stellte sich heraus, dass die Frau Handarbeitslehrerin und dass der Teppich ganz allein ihr Werk war.

Sie fügte hinzu: Mama hatte so geschickte Hände. Sie hat mir auch das Stricken beigebracht, bevor ich weggeholt wurde.

Dass sie das so direkt ansprach, ohne dass sich der Ton ihrer Stimme veränderte: bevor ich weggeholt wurde.

Es hätte mir eigentlich helfen müssen, wie gefasst und gelassen sie war, doch ich hatte erhebliche Probleme damit, zur Sache zu kommen. Ich schimpfte innerlich mit mir, wie ich es mir als Kind beigebracht hatte (das Ausschimpfen musste ich selber besorgen, andere taten es nicht). Warum ich mich eigentlich nicht normal benehmen konnte und das vorbringen, was ich sagen wollte, wo sie doch so ruhig war, diese Frau, die als Kind von der bitterarmen Mutter weggeholt worden war, mit Bett und allem.

Die Worte kamen zunächst stockend und mit Pausen, und dann in unterschiedlich langen Redeschwällen. Meine Wangen wurden glühend heiß, denn ich musste eine Staumauer einreißen. Wie in aller Welt mag ich Dóra Tigrid vorgekommen sein, während die Geschichte aus mir herausbrach?

Dass ich schon lange herausgefunden hätte, wer sie war; dass ich immer an sie gedacht hatte; dass ich mich danach gesehnt hatte, ihr von dem Besuch bei ihrer Mutter zu erzählen.

Die Frau sah mich so ungläubig an, als sei sie überzeugt, ich würde mir das aus den Fingern saugen, aber auf einmal fragte sie: Wie war ihr Zustand?

Gar kein Zustand – und weitere Worte brachen sich Bahn. Dass ihre Mutter mir die Wange gestreichelt und mir Pfannkuchen angeboten hatte, die noch warm waren, dass das Bild der Tochter bei Nellí auf dem Tisch gestanden hatte, jenes dort, im gleichen Rahmen; dass ich das Mädchen auf dem Bild darum beneidet hatte, eine Mutter zu haben, die sich auf doppelte Arbeit verstand – vor der man sich besonders hüten musste, wenn man einen eigenen Haushalt hatte, indem man zuerst die Tische wischte und danach erst den Fußboden, denn doppelte Arbeit war eine Hauptsünde.

Die Frau nickte zustimmend und lächelte, was ich so auslegte, dass Nellí sie ebenfalls vor doppelter Arbeit gewarnt hatte, die zu den Hauptsünden gehörte, wenn man einen Haushalt führte.

Dass ihre Mutter gleich gesehen hatte, wie käsig und dürr ich war, keineswegs so wohl genährt wie ihr Mädchen mit den Zöpfen; dass bei mir zu Hause damals alles etwas seltsam war, obwohl ich das noch nicht wusste, und dass mir kommentarlos die Zöpfe abgeschnitten wurden, nachdem die deutsche Haushaltshilfe gegangen war. Niemand mehr da zum Flechten und Haare wie der Struwwelpeter.

Die Frau sagte nichts, aber sie schien mich zu bedauern. Ich habe es immer als angenehm empfunden, von unbekannten Menschen bemitleidet zu werden. Das ist echt und geht schnell vorbei. Ich genoss es schweigend, solange es andauerte.

Durftest du deine Zöpfe bei den neuen Leuten behalten?, fragte ich dann und dachte an all die Male, die ich das Zopfgebet gesprochen hatte: *Lieber Gott, gib, dass meine Dór ihre Zöpfe hat behalten dürfen, als sie weggeholt wurde.*

Ja, sagte die Frau, das durfte ich, aber sie waren nicht beliebt.

Dann erklärte sie: Ich wollte meine Pflegemutter nicht Mama nennen. Sie war nicht meine Mutter, und ich begriff nicht, weshalb ich sie Mama nennen sollte. Nachdem ich mich widerborstig viele Monate lang geweigert hatte, bekam ich eine Tracht Prügel. Danach habe ich alle möglichen Auswege gesucht und sie weder mit dem Vornamen noch mit Mama angeredet.

Ich habe meine Mutter immer Ragnhild genannt und meinen Vater Harald. Mein Bruder Mummi hat das auch getan. Und später nannten wir sie unter uns Das Ehepaar.

Tatsächlich, fragte die Frau, als hätte ich wieder angefangen, Lügen aufzutischen.

Ich bemerkte plötzlich, dass ich mich genau auf das Terrain begab, das ich eigentlich vermeiden wollte: Wie viel und intensiv ich an sie gedacht hatte, als ich klein war, dass sie eine Freundin und Seelengefährtin für mich gewesen war, dass ich zum Telefonhörer gegriffen hatte, obwohl ich kaum eine andere Resonanz bekam als das Tuten im Telefon und das, was ich mir einbildete.

Ich lachte, und die Frau lachte auch, aber es klang leicht zweifelnd, so als spräche sie mit einer Verrückten. Wer weiß, vielleicht war das ja der Fall.

Ich habe mir immer vorgestellt, dass deine Mutter aufs Land gegangen war, und du warst wieder bei ihr, und euer Haus stand am Meeresufer, es war grün, und es ging euch gut, weil deine Mutter im Akkord so viel Hering einsalzte.

Das klingt schön, sagte die Frau. Wäre es doch bloß so gewesen.

Das Gesicht zeigte keine Regung, die Stimme auch nicht. Diese erwachsene Dór verstummte und wartete darauf, dass ich weitersprach. Sie wusste, dass da noch etwas war, und jetzt musste ich mit der Sprache herausrücken, denn die Zeit war so gut wie abgelaufen, die Abendwache begann gleich, und bevor ich das Puppenhaus in der Lava von Hafnarfjörður verließ, musste ich mich unbedingt nach der hellblauen Schachtel mit dem eingestickten Namen erkundigen, allerdings ohne das Fest bei Nellí zu erwähnen. Wenn ich jetzt nicht redete, würde ich es nie tun. Und dann wäre diese langersehnte Begegnung bedeutungslos, dieses eine Hauptfragment in einem ganzen Leben, das sich jetzt blitzschnell ordnete, jenseits der Ecke zur neuen Zeit, wo der grauhaarige Liebste wartete.

Das Wichtigste war, nichts über den genauen Zeitpunkt der Geburtstagsfeier bei Nellí zu sagen, als niemand Geburtstag hatte. Dass sie am Tag davor stattgefunden hatte. Am letzten Tag, den sie ganz lebte, weitere Tage gab es nicht, denn laut Polizeiprotokoll starb sie in den frühen Morgenstunden, und ich fand sie gegen Mittag, mit einem Geschenk in der Tasche, einer veilchenblauen Vase, die ich im Bücherzimmer in der Sjafnargata gemopst hatte, ohne einen Gedanken daran zu verschwenden, dass es Diebstahl war.

Ich durfte nicht verraten, dass ich das hellblaue Stück Stoff gesehen hatte, als der letzte Buchstabe im Namen noch fehlte, dass die Nadel mit dem nachtblauen Faden im R steckte, denn dann würde die Frau argwöhnen, dass und wie sehr sich das Leben ihrer Mutter dem Ende zugeneigt hatte. Ich durfte auch das Wiesenschaumkraut nicht erwähnen, denn das blüht frühestens im Mai. Am sichersten war der Löwenzahn. An manchen Häuserwänden in der Stadt blüht er bereits im April. Falls sie mich direkt danach fragte, wann ich ihre Mutter zuletzt gesehen hätte, würde ich mich an den April halten.

Ich schilderte in allen Einzelheiten, wie ordentlich und hübsch es in der Grettisgata ausgesehen hätte. Die dunkelbraune Decke auf dem Bett. Die neuen blaukarierten Gardinen und das Tischtuch – so gut gestärkt und gebügelt, dass ich Nellí am liebsten danach gefragt hätte, wie sie das machte. Das hätte ich aber nicht getan, um sie nicht auf den Gedanken zu bringen, ich müsste bei mir zu Hause die Wäsche waschen – womit ich anscheinend in der Oststadtschule eine Ausnahme war.

Die Frau fand das Wäschewaschen eines kleinen Mädchens offensichtlich gar nicht in Ordnung. Ich schwieg derweilen und genoss es.

Dann erzählte ich ihr von einem frischgepflückten Blumenstrauß in einer veilchenblauen Vase auf der neuen Decke. Die Lüge mit der Blumenvase brachte ich blitzschnell ein, denn ich fand die Realität mit dem Marmeladenglas auf einmal so unbefriedigend.

Hat Mama eine Blumenvase besessen?

Ja, das war eine schöne veilchenblaue Vase, nicht groß.

Die muss ihr jemand geschenkt haben, nachdem ich geholt wurde. Mama hat nie eine Vase besessen.

Damals hat sie aber eine gehabt. Und ich bekam Pfannkuchen und heiße Schokolade, und deine Mutter war gut zurechtgemacht. Sie hatte ihr Sonntagskleid an und war schön frisiert.

Hatte sie ihr Sonntagskleid an?

Ja, sie hatte ihr gutes Kleid an. Vielleicht war es ja auch Sonntag. Das Wetter war wunderschön, auf den Wäscheleinen vor der Tür saßen viele Drosseln, die laut sangen, und das habe ich dir alles schon seit langem sagen wollen, denn es hat mir enorm viel bedeutet, wie lieb deine Mama zu mir war, wie sie mir die Wange streichelte, so etwas kam in meinem Zuhause in der Sjafnargata nicht in Frage, und ich hoffe wirklich, dass es nicht falsch von mir war, dich zu besuchen.

Ganz bestimmt nicht, sagte die Frau und lächelte so, wie Nellí gelächelt haben würde, hätte sie Zähne gehabt.

Sie fügte hinzu: Das ist eine schöne Geschichte.

Dann fand ich vor lauter Freude darüber, eine schöne Geschichte für meine alte Seelengefährtin erfunden zu haben, ohne dass ein böses Ende aus der Realität einen bedrohlichen Schatten darauf warf, keine Worte mehr.

Plötzlich fragte mich die Frau: Hast du davon gehört, dass ein Mädchen aus der Oststadtschule sie damals gefunden haben soll?

Auf diese Frage war ich überhaupt nicht gefasst, aber es gelang mir, das zu verbergen. Wer in der Sjafnargata aufgewachsen ist, hat eine erstaunliche Geschicklichkeit im Geheimhalten erlangt, auch wenn das eigentlich gar nicht nötig gewesen wäre. Es gab nichts Besonderes zu verbergen – und niemand bemerkte, wenn man eine seltsame Verhaltensweise an den Tag legte.

Nein, nie.

Dann ist das bestimmt eine Klatschgeschichte gewesen.

Die Kinder in der Oststadtschule haben immer irgendwelche Geschichten erfunden.

Sie haben sich einen Riesenspaß daraus gemacht, meine Mutter zu verspotten. Ich war noch nicht alt, als ich anfing, mich an ihrer Stelle zur Wehr zu setzen. Das tat sie nämlich selbst nie. Das konnte sie nicht.

Dann stand die Frau auf und ging hinaus. Ich dachte, sie würde in die Küche gehen, um nach dem Kaffee zu sehen, oder vielleicht auf die Toilette, aber sie kehrte sofort mit einem Schlüssel zurück und öffnete eine der Schubladen in dem blankpolierten Schreibtisch. Der entnahm sie die mit hellblauer Seide überzogene Schachtel und legte sie auf den Tisch. Der Name auf der Schachtel hatte genau die nachtblaue Farbe, die ich nie vergessen habe.

Die Frau sah, wie ich die Schachtel anstarrte, und schaute mich fragend an. Ich wich ihrem Blick aus und gab nichts preis. Sie würde nicht erfahren, dass ich die Schachtel unvollendet gesehen hatte, dass das A in ihrem Namen noch fehlte, sodass sie meine Dór wurde, nie dekliniert, unveränderlich, und manchmal Mein Dörchen.

Die Frau nahm die Schachtel wieder hoch und hielt sie eine Weile in den Händen, als sei sie ein lebendiges Wesen, ein kleiner Vogel oder eine Maus.

Jetzt endlich zitterte die Stimme: Das hat Mama gemacht, nachdem ich ihr weggenommen wurde. Sie konnte buchstäblich aus nichts etwas machen. Sieh mal, wie wunderschön das gestickt ist.

Die Frau öffnete die Schachtel, die von innen mit schwarzem Samt gefüttert war. Nellí war bestimmt schon damit fertig gewesen, als ich kam, denn sie musste ja vor dem nächsten Morgen noch so viel erledigen. Das A in Dóra fertigsticken und die Schachtel von außen mit hellblauer Seide beziehen. Außerdem die Reste von unserer Kaffeetafel wegräumen und alles spülen. Ich war mir sicher, dass sie das getan hatte, und vielleicht auch noch den Boden gewischt.

Die Frau nahm einen Brief aus der Schachtel und reichte ihn mir. Da kam eine weiße Blume aus Perlen zum Vorschein, die auf den schwarzen Samtgrund der Schachtel genäht waren. Der lange Stiel war vornehm geschwungen, die zwei Blätter waren ganz spitz, und die winzig kleine Blüte neigte den Kopf.

Außer meinen Pflegeeltern, meinem Mann und meinem Psychiater hat niemand diesen Brief gesehen.

Ich dachte: Psychiater, genau das könnte ich gebrauchen. Und im nächsten Augenblick: Das kann warten, bis Ragnhild tot ist. Ich würde ein schlechtes Gewissen bekommen, wenn ich mich bei irgendeinem Fremden über ihre Schwerhörigkeit ausließe, solange sie immer noch in Haralds Hausmantel in der Küche saß.

Die Frau sagte: Mama war so sorgfältig. Sie hinterließ diese Schachtel und das Bild von mir mit der Anweisung, dass ich das Bild und die Schachtel mit dem Brief darin bekommen sollte, aber erst, wenn ich dreizehn war. Daran hat man sich gehalten.

Mein Kind,

jetzt weiß ich, dass Du dreizehn bist, ein gutes und hübsches Mädchen, und Du kannst bestimmt schon mehr stricken als einen kleinen Schal. Um mich herum ist es hell, wenn ich daran denke. Ich danke Gott dafür, dass er Dich mir gegeben hat, und ich weiß, dass er an meiner Stelle gut auf Dich aufpasst, wo auch immer Du bist.
Wenn Du noch größer bist, wirst Du auch verstehen, und vielleicht verstehst Du es auch jetzt schon ein bisschen, dass das Unglück stärker ist als ich, und nicht zuletzt die Armut.
Ich bitte Dich, lieber an die schönen Tage zu denken, denn von denen gab es auch einige.

Deine Dich liebende Mama

Ich begann zu weinen, unkontrolliert, und die Laute waren so unterdrückt, dass ein Wimmern daraus wurde. Ich saß auf einem Stuhl bei der Frau im Puppenhaus und hatte mich nicht in der Gewalt. Die Frau reichte mir eine Serviette, damit ich mir die Nase putzen konnte, und legte ihre Hand auf meine Schulter. Sie sagte: Ganz ruhig, wie zu einem Kind, und versuchte, mich zu beruhigen. Es war ihr nicht anzusehen, dass ein solches Benehmen einer unbekannten Frau mit einem Anliegen sie aus der Ruhe brachte, sondern sie wartete darauf, dass es vorübergehen würde, und reichte mir noch eine Serviette. Als ich endlich aufhörte, sah sie mich trockenen Auges an und sagte ruhig, ohne den Tonfall zu ändern: Gewiss ist das traurig.

Soll sie mit mir sterben, die Geschichte von Dór und der Besuch bei Dóra Tigrid im Puppenhaus mit dem Lavagarten und die Geschichte von mir und Nellí in der Grettisgata? Ist das nicht *traurig*? Das muss doch traurig sein?

Dór erzählt sie niemandem, den ich kenne, und zuallerletzt dem grauhaarigen Liebsten, zu dem die Geschichte gelangen sollte, mit dem neuen Ende und einem Abschiedsbrief in einer hellblauen Schachtel. Dór weiß nicht, wer der Liebste ist.

Nicht zuletzt deswegen endet das Leben, damit ein Schmerz in den Tod übergeht und einem nahen Angehörigen neue Nachrichten von Schmerz erspart bleiben. Damit wird viel doppelter Arbeit ein Ende gesetzt.

Diese Geschichte und das große Weinen auf dem Stuhl, auf den ich mich setzte, bevor mir ein Platz angeboten wurde, hätte dir Kummer bereitet, weil du mir zugetan bist. Niemand so sehr wie du.

Du, der du mir bestimmt geholfen hättest, aus den Plankenflößen, auf denen ich über Kanäle mit wenig Wasser schipperte, einen ganzen Prahm zu zimmern – du erfährst bis in alle Ewigkeit nichts von diesem meinem lebenslangen Kampf, dem Versuch, mich vom Land abzustoßen, das Floß über Wasser zu halten und mich, wenn eine endgültig abgesoffen war, nachdem sie mehr unter als über Wasser mit mir herumgedümpelt war, an eine neue Planke zu krallen; ich steuerte zwar das Floß, hatte aber von Navigation im Grunde genommen keine Ahnung.

Und ich erfahre nichts über Signora Lúkasson und dein ausländisches Leben mit Pesto und Fresken, ich werde nie etwas über eure italienische Liebe zu hören bekommen. Nicht dass mein Herz das wissen möchte, aber der Kopf ist über Neugier nicht erhaben.

Ich war das Schattenkind, das endlich ans Licht kommen sollte, indem ich die Geschichte dem langgeliebten, grauhaarigen Mann erzählte. Das Kind ans Tageslicht zu ziehen, mitsamt diesen Zimmertagen und dem Ganzen, mit dem neuen Ende von gestern Abend. Daraus wird nichts. Ich komme nie ans Licht. Und ich werde mir keinen Grabspruch aussuchen können.

HIER RUHT KEIN SONNENSCHEINPFERD

Nein, die werden sicher noch irgendetwas ausbrüten, Ragnhild und Mummi, etwas verdammt Unpassendes.

RUHE IN FRIEDEN vielleicht

Wenn es doch nur um etwas so Einfaches und Friedliches wie Ruhe und Frieden ginge.

Urteil gefällt, unwiderruflich. Das Urteil in einer Angelegenheit, in der nichts passiert war. Nicht einmal ein Todesurteil. Ein Lebensurteil.

Das Leben wäre dann aus dem zusammengesetzt, was nie geschah.

(Nicht einmal Vergessen ist möglich, wenn etwas nie geschah.)

Ein Leben aus nichts. Oder weniger als nichts.

Gut, dass sie das nicht vorher gewusst hat. Damit hätte man allerdings nicht leben können.

Aus nichts ins Nichts verschwinden. Während der letzte Schmerz auf sich warten ließ.

Nicht aus Staub, um wieder Staub zu werden, sondern aus nichts, um nichts zu werden.

Aus nichts bist du, zu nichts wirst du wieder werden.

Keine Vorbereitung auf die letzte Stunde.

Kein Spielraum, um eine Sonnenfinsternis zu beobachten.

(Wer weiß, dass er sterben muss, und doch hofft, die nächste Sonnenfinsternis zu erleben, sollte sich zu diesem Ereignis eine Reise an den besten Beobachtungspunkt buchen. Denn eine Sonnenfinsternis kommt zweifelsohne dem Tod am nächsten. Da schweigt jede Kreatur, Kuh wie Vogel, und eine gewaltige Kälteklappe stürzt auf das Land herunter und auf alles, was im Land ist.

Und genau das zeichnet den Tod aus, Kälte und Schweigen.)

Keine Vorbereitung. Kein Abschied möglich

vom grauhaarigen Liebsten in Steinwurfweite.

Von Unnur und Ása. Sie werden damit zurechtkommen müssen. Töchter ohne Abschied.

Ihretwegen hätte dieses Urteil nicht fallen dürfen. Und Mummis wegen auch nicht. Nicht so. Nicht jetzt.

(Ragnhilds wegen?)

Der Zeitpunkt spielt eine Rolle, denn die Zeit gab es. Man konnte von der Zeit sagen, dass sie existierte. Das Leben war bloß nicht aus ihr gemacht. Das Leben war die Zeit. Die Zeit war nicht das Leben, doch das ist eine andere Geschichte.

Sie konnte nicht anders als sich bemitleiden. Das war nicht fair.

Aber es geht nie um Fairness, wie irgendein Ungeheuer gesagt hat.

Niemand hatte ihr Fairness versprochen.

Sie konnte nichts dafür, dass ihr das wehtat.

Wie nah sie am Ziel war. Das Dach war schon zu sehen – hellblau – auf einem Sommerhaus, das die Mutter in der Schulstraße *Glückshang* getauft hatte.

* * *

Sie wickelte den Kern in die Sätze ein

ALLES WAR UMSONST

DOPPELTE ARBEIT MIT HAUPTSÜNDE

WIE DIE BEISPIELE ZEIGEN

Hätte es eine Galgenfrist gegeben, hätte sie sich wortreicher ausgedrückt. Mehr Kerne gefunden. Vielleicht.

Vor vollendeter Tatsache stehen.

Niemand versteht eine vollendete Tatsache, bevor sie sich einstellt.

Vollendete Tatsache.

Jetzt stand sie vor dieser Tatsache. Sie war vollendet.

War das traurig.

Ging es überhaupt um diese Frage.

Doch, es war zu früh.

Na und?

Kam diese Stunde nicht immer unpassend?

War das nicht ihr eigener Gedanke, dass diese Stunde immer unpassend kam?

So unpassend, dass sie nicht einmal Zeit haben würde, sich selber angemessen zu bemitleiden. Sie wäre bereits ganz und gar hinübergegangen, bevor sie noch den Blutgeschmack lauwarmen Selbstmitleids schmecken würde. Am meisten deswegen, weil sie zwangsläufig sterben musste, da sie ja nun einmal geboren war, und das ausgerechnet jetzt, wo endlich das blaue Dach in Sicht war. Und der Gletscher in seiner schönsten Form unter keiner Wolke am Himmel, genau von dieser Stelle auf der Straße aus. Das Bühnenbild am Ende des Wegs nahezu höhnisch in all der Pracht.

Es ist wahr. Du wirst weiterhin existieren. Aber vielleicht nicht immer. Die Gletscher schmelzen schon so heftig.

Nicht einmal darauf ist Verlass, dass dieser Gletscher so lange lebt, wie die Erde sich kugelt, und erst recht ist es kein Trost.

* * *

Meine Liebe von einstmals, eine neue Zeit ist gekommen. Das hatte sie im Geiste wieder und wieder zu ihm gesagt, nachdem sie beinahe seinen Schatten auf dem Spitalstieg überfahren hatte.

Neue Zeiten, meine Liebe, das stimmte. Aber in dieser Zeit würde sie höchstens sein, indem sie in sie abtauchte.

* * *

Die Zeit wird zwei- und dreierlei …

Und die Zeit wird neu …

Dich lieb ich darum getreu.

Weiter sausen die Jahre
Wie Wolken wild und scheu

Die Zeit wird zwei- und dreierlei
Und sie wird wieder neu

Dich liebe ich darum …

* * *

Sie war bei fünfhundert Todesstunden dabei gewesen. Am Rigshospitalet in Kopenhagen, am Landspítalinn. Sie hatte alles so gut wie möglich einzurichten versucht, damit sich alles auf den Sterbenden konzentrierte.

Oft hatte sie darüber nachgedacht, wie sie selber damit umgehen würde, wenn es so weit war. Nie hätte sie sich träumen lassen, dass sie den Tod verpassen würde. Dass es ihr verwehrt sein würde, auf menschliche Weise zu sterben, auf irgendeinem Sterbebett. Mit angemessener Vorbereitung. Stattdessen in einem Straßengraben. Manchmal hatte sie so dahergeredet: *irgendwo im Graben sterben*, hatte sie gesagt, halbwegs im Scherz.

Unnur und Ása war es nicht vergönnt, sich mit dem Tod der Mutter auszusöhnen, die sterben musste, weil sie zum Beispiel zu krank oder zu alt oder zu irgendwas war. Die Töchter hatten nicht den Trost, dass es für die Mutter am besten war, hinübergehen zu dürfen.

Sie hatte sich gefürchtet und geängstigt vor einem ausgezehrten Körper, vor Lähmung und Therapien und Operationen und mehr als einem Sterbelager. Gleichzeitig hatte sie gewusst, wie es auf solchen Sterbelagern zuging und wie zu verfahren war. Jetzt konnte sie sich von all dem, was sie zum Thema Sterben gelernt hatte, nichts zunutze machen. Die Expertin höchstpersönlich. Betrogen um den Tod. Schäbig. Schäbig.

Schäbig auch Unnur und Ása gegenüber. Sie waren in dem Alter, in dem die «Mama» noch nicht eine Person ist. Bis sie die Nachricht erhielten, war sie immer nur die Mama. Ab jetzt würde sich das Leben der Töchter zu viel um die «Mama» drehen. Wenn sie selber Kinder bekämen, würden sie darüber weinen, dass «Oma» sie nie zu sehen bekäme. Den Kindern wäre es natürlich egal.

Wenn die Kinder größer würden, bekämen sie Bilder von der Großmutter gezeigt, und Unnur und Ása würden sagen, dass sie die beste Mama auf der Welt gewesen war und eine großartige Krankenschwester. Und kleine Tränen würden auf das Bild von «Oma» fallen, die es nicht gab, die es aber gegeben hatte. Das wäre ziemlich ermüdend für mütterlicherseits großmutterlose Enkelkinder, aber sie würden nach Kinderart höflich dem erwachsenen Gesülze lauschen.

Es war auch fast eine Schande, so zu sterben. Nicht, wie es hätte sein sollen. Der Tod zur Unzeit, fleischgewordene Hässlichkeit. Unfall. Blut und gebrochene Knochen. Sie würde keine passable Leiche mittleren Alters abgeben oder eine redlich ausgezehrte Krebsleiche, sondern eine lädierte Leiche. Ihr Gesicht war verschont geblieben, dem Himmel sei Dank, aber die Hände keineswegs. Bei der Aufbahrung würde man die nicht vorzeigen können, sie müssten unter der Decke versteckt werden.

Unnur und Ása würden sich mit dem Gedanken herumquälen, ob sie Schmerzen gehabt hatte, ob sie gewusst hatte, dass es so weit war, ob sie grauenvolle Schmerzen gehabt hatte.

* * *

Schmerzen spürte sie immer noch nicht. Sie war erstaunt darüber. Selbst die Zeugin und Projektleiterin von fünfhundert Todesstunden konnte nicht wissen, wie der Schlag ausfallen, wozu er führen oder wo er enden würde. Selbst wenn es ihr durchaus schon einmal durch den Sinn gegangen war, dass der Tod sie mit einem Schlag zur Strecke bringen könnte und nicht mit Tumoren und Wucherungen füllen würde, hatte sie sich auf diesen Schlag doch nicht vorbereiten können.

Vielleicht bliebe ihr der letzte Schmerz ja erspart. Vielleicht blieb sie verschont. Vielleicht hatte sie Glück, und die Verbindung zum Gehirn wurde unterbrochen, bevor das Signal von einem derartig stechenden Schmerz eintraf, dass es danach keinen Schmerz mehr gab. Das Gehirn, das versucht hatte, bis ins kleinste Detail auszuspekulieren, wie die Todesstunde anderer am richtigsten und untadeligsten zu arrangieren sei.

So viel stand fest, die Gnade von Schmerzmitteln war ihr nicht vergönnt. Die Gnade, die sie fünfhundert Sterbenden gewährt hatte. Das tat besonders weh.

* * *

Sie war gerade erst zwanzig gewesen, als sie begonnen hatte, Menschen sterben zu sehen. Zeugin von fünfhundert Todesstunden.

* * *

All diese Todesagonien hätten ihr als Information dienen können, für ihre eigene Todesstunde, aber so wirkten sie nicht.

Sie war eine Anfängerin, wie alle anderen. Alles am Tod war unerwartet für sie, der Zeitpunkt und seine Art und was im Körper vor sich ging.

* * *

Kein Hauptereignis im Leben verläuft so, wie man es sich vorgestellt hat. Ein Kind zu gebären, den Vater sterben zu sehen, selber zu sterben.

* * *

Sie tröstete sich mit etwas, von dem sie selbst wusste, dass es nicht stimmte, aber sie hielt daran fest, während das Leben aus ihr strömte. (Woher kam dieses Blut, sie wusste es nicht, und selbst wenn, die Hände wären nicht imstande gewesen, die Blutung zu stoppen.)

Sie stellte sich vor, dass sie nun aus dem Land der Lebenden ins Land der Toten überführt würde. Dass sie weiterexistieren dürfe, in der Nähe von jüngst oder schon vor längerer Zeit Gestorbenen, denen sie ohne Einschränkung warmherzig und bedingungslos beigestanden hatte, bis zum bitteren Ende. Vielleicht sogar in der Nähe von Harald, in gewissem Sinne.

* * *

HUNDERT UND MEHR GEDANKEN, für und wider, als es so weit war.

Wer tot ist, braucht nicht einzukaufen.
  Er braucht nicht mehr zu kochen,
  und was noch besser ist, er hört keine Nachrichten.

Er bleibt verschont von Nachrichten über Vergewaltigungen und Flugzeugabstürze, ebenso von Nachrichten über die neuesten Schnapsideen der Regierung und wie sie präsentiert und gerechtfertigt werden.

Beleidigung menschlichen Denkens.

Vor allem aber ist er die Schreckensnachrichten über Kinder los, über einzelne Kinder und generell über Kinder auf den Müllplätzen der Welt. Die Verantwortung tragen die großen Gewissenlosen. Ein Privileg, dass man vor dergleichen Schrecknissen wegsterben darf.

* * *

Vermissen würde man hingegen die liebgewordenen Wetternachrichten. Angenehmer als jeder Gottesdienst, geradezu trostreich.

Dabei zu sterben wäre eine Option gewesen.

Viel besser als Musik, und sei es Bach.

Keine Musik, kein Ommm oder Rauschen in Regenwald, Bambus oder Birke könnte die Windstärken bei Islands Wetterstationen im Westen, Norden, Osten oder Süden übertreffen: Gjögur Südost sieben, Dalatangi, Nautabú.

Am besten wäre es allerdings, in ein beschauliches Wort wie Wiesennebel hineinzusterben,

aber am Ende des Wegs kam nicht einmal ein winziges Fleckchen Wiesennebel in Frage.

Ganz zu schweigen von passender Musik. Nein, im ersten Programm lief schäumender Salsa, als der Schlag erfolgte.

Auf diese Weise starb man jedoch quietschvergnügt.

* * *

An einem herrlichen Maimorgen war niemand wach außer dem, der in sie hineinfuhr. Oder war sie gegen ein Brückengeländer gefahren. Nicht an einen Laternenpfahl mitten auf der Landstraße. War es vielleicht ein Zaunpfahl, der ihr den Garaus machte?

Wie kurz nur hatte sie diesen Vorschuss auf das Glück des Tages genießen dürfen. Das passte zu den Kapriolen der Zeit und der Länge des Lebens, das auf dem Dachboden aus dem Rautenfenster heraus unendlich schien, Wange an Wange mit dem kleinen Bruder. Als Nächstes der Schlag.

* * *

Wer tot ist, hat das Glück, nicht mehr aufstehen zu müssen, er muss sich weder um sich selbst kümmern noch bei der Frühschicht um Kranke.

Er braucht nicht nach dem Schlaf den inneren Motor anzulassen, der vorzeitig stottert und seine Mucken hat.

War derjenige, der tot ist, in Island beheimatet, braucht er auch nicht das halbe Jahr in Stockfinsternis aufzustehen und bei schwarzem Kaffee und in Tränen aufgelöst Nachrufe über kleine Kinder zu lesen, bevor der Arbeitstag beginnt.

* * *

Wer tot ist, hat das Glück, sich weder Klatsch noch Tratsch anhören zu müssen,
Lügengeschwätz und Selbstbeweihräucherung,

womöglich in einer Position, aus der heraus er nicht sagen kann, was er davon hält.

In dem Sinne ist glücklich, wer tot ist.

* * *

Wer tot ist, ist nicht nur tot, sondern verliert auch das Gehör. De facto kann man zu ihm und über ihn sagen, was man will. Auch wenn er hören könnte, wäre es ihm schnuppe in seiner erhabenen Ruhe, die ihm nicht genommen werden kann.

* * *

Wer tot ist, ist nicht nur unverwundbar, er ist auch bedauernswürdig, in erster Linie, weil er gewesen ist, aber nicht mehr ist. Ein gesegneter Zustand, aber beklagenswert hilflos.

* * *

Zu leben hat manchen Vorteil

für Menschen, die das zu nutzen wissen.

Man kann morgens Freunde anrufen und über den ganzen Unsinn lachen, oder man kann einfach gemeinsam frühstücken und über den ganzen Unsinn lachen.

Lachen ist meist ein flüchtiger Spaß.

Und das gilt für vieles im Leben, wenn nicht für alles, was gut ist – dass es nur flüchtig ist.

* * *

Ein Vorteil am Leben ist, allein spazieren gehen zu können, im Armenviertel einer Stadt, Rauch aus Industrieschornsteinen, nicht gerade ein schönes Dasein, aber die Augen sind beschäftigt, froh, und zwei Beine halten sie auf dem Laufenden.

Ein weiterer Vorteil am Leben ist ein Spaziergang in der Natur, mit einem anderen zusammen. Staunenswertes überall, und es ist möglich, mit dem Begleiter darüber zu reden – auch wenn der Himmel niedrig hängt und nicht unbedingt Gutes verheißt.

Dann ist es vielleicht ein Vorteil am Leben, ein Kind zu haben. Ein sanftmütiges Wesen, das sich selbst geschaffen hat. Eine wandelnde Steigerung von Mutter und Vater, ein unbegreiflicher Trost im Alter, wenn es so kommt, in jedem Alter.

Ein Vorteil, wenn man nicht tot ist, besteht darin, die Sonne genießen zu können. Sie muss einen nicht direkt anstrahlen, sie darf auch auf einem Berg in der Nähe sein oder vor einem Fenster und Autofenster. Solange die Sonne an ihrem Platz ist, hat es Sinn, am Leben zu sein, gleichgültig ob auf kahlen, windumtosten Höhen oder mitten im Moor.

Die Sonne ist auch ein Segen am Sandstrand, wohin es die Wellen verschlägt, kleine, schnelle, dort, wo nur wenige sind, und die wenigen fischen im seichten Wasser Glanzfische aus

Schwärmen für die Kinder am Strand, die barfuß warten und dabei helfen, die Fische auszunehmen.

* * *

Das Leben ist ziemlich gut in dem Sinne, dass es weitergeht, solange es weitergeht. Das Herz schlägt emsig, die Augen sehen, was ihnen geboten wird, und außerdem gibt es die Hoffnung. Sie erlischt nicht, bis das tapfere Herz endgültig zu schlagen aufhört; das betrifft die Hoffnung, wie auch immer sie genannt wird, Glück oder Illusion.

Apropos Herz: dieser beharrliche Muskel – es ist ein Vorteil für den Menschen, ein derartiges Organ zu besitzen. Es lässt sich nicht unterkriegen, egal was passiert, sogar Folterungen verkraftet dieses Herz. Unter solchen Umständen beeilt es sich etwas oder setzt den ein oder anderen Schlag aus, je nachdem – aber es pocht weiter. Das Beispiel des Herzens ist bewundernswert, aber gewiss nicht praktisch.

* * *

Nun brachen ihre Augen. Die den Gletscher gesehen hatten und anderes, was sie kannten. Sie war dankbar, solange sie sehen konnte, jetzt in dieser Landschaft sein zu dürfen, die ihrem Herzen nahestand. Jene Berge von den vielen Autoausflügen, besonders mit der kleinen Unnur zu Skipasund-Zeiten, waren das Letzte, was sie sah, jenseits der Hände am Steuer. Blutige Finger an der gebrochenen Hand, die tausend Hände von Sterbenden in zwei Ländern gestreichelt hatte.

* * *

Der Tod ist nicht so poetisch, wie gemeinhin behauptet wird.

Manchmal wird von Tunnel und Licht an dessen Ende geredet, und da beruft man sich auf etwas, was fast gestorbene Menschen berichtet haben.

Ich war mir sicher gewesen, dass es pure Erfindung war, ein Trost für die Pechvögel, denen es noch bevorstand, in diesem «Tunnel» zu landen.

Der Tunnel ist natürlich ein Untunnel, wie ich befürchtet hatte. Da ist nicht dieses Licht.

Und Unland schließt sich an, aus dem niemand zurückkehrt, wie der Dichter sagte, nicht genau mit diesen Worten

… und dort ist es unerträglich, wie im Unland nicht anders zu erwarten.

* * *

Das Letzte, was sie wahrnahm, war der Duft des Parfüms, das Unnur ihr zu Weihnachten geschenkt hatte. Das Fläschchen war beim Aufprall zerbrochen, und der Geruch breitete sich aus, um sie in den Untunnel zu verfolgen. Da war kein Licht, wie sie befürchtet hatte, es war vollkommen finster; kein lauwarmes Dämmerlicht, wie sie gehofft hatte, sondern eiskalte Pechfinsternis.

Sie sagte den Namen ihrer Tochter, aber sie hörte nicht mehr, wie sie ihn sagte: *Unnur.*

Sie war unschlüssig gewesen, auf was sie den letzten Gedankenfetzen in ihrem Leben und überhaupt richten sollte.

Sie brauchte so lange für diese Entscheidung, dass der letzte Gedanke beinahe darin verebbte.

In ihr brodelte Freude darüber, ihren letzten Gedanken zu erwischen, nachdem sie sich dafür entschieden hatte, Unnur dem grauhaarigen Mann vorzuziehen, der zurückgekehrt war und ganz in der Nähe wartete, mit Liebkosungen und Kaffee im Sommerhaus, das sogar Glückshang hieß, aber gleichzeitig schämte sie sich ein wenig dafür, ihm nicht vollkommen treu zu sein – nach all der Treue –, und das in dieser Stunde.

Ihre Augen waren offen, und sie wusste, dass sie offen waren, aber sie konnte nicht mehr sehen. Es war ein Sieg, über die Blindheit des Todes hinaus denken zu können. Ein Etappensieg über den Tod. Und das war wesentlich mehr, als man sich im Hinblick auf das Leben einbilden konnte, dass da Etappensiege zu gewinnen seien, gar nicht zu reden vom endgültigen Sieg. Das Leben bestand aus Niederlagen und dazwischen Vergessen. Und jetzt würde auch sie vergessen werden.

In dem Moment, als der letzte Gedanke aufblitzte, vertraute sie darauf, dass sie Unnur einen Glücksstrahl sandte und einen schützenden Fittich über den Schlaf im neuen Bett im dritten Stock an der Marbakkabraut, und sie bat um einen langen Lebensweg für sie. Einen viel längeren als den von Mama. Dabei huschte ein Lächeln über ihr Gesicht, so winzig, dass nur der es verstanden hätte, der das Gesicht auswendig kannte.

Es war gar nicht mehr weit gewesen zu dem Sommerhaus mit dem blauen Dach, kurz hinter dem Wasserfall mit dem Felsenloch. Vielleicht hatte sie nicht auf die unbefestigten Straßenränder geachtet, wie sie es laut der Wegbeschreibung hätte tun sollen, die sie sich aus dem Gedächtnis notiert hatte; sie lag neben ihr auf dem Beifahrersitz.

Der grauhaarige Mann, der für immer nach Island zurückgekehrt war, machte sich auf den Weg hinunter zur Straße, als er das Echo eines Aufpralls vernahm. Er hatte in seinem Sommerhaus Kaffee gekocht und freute sich darüber, dass die Wettervorhersage stimmte, kein Wölkchen am Himmel.

Auf ihrer Seite stand die Autotür offen. Er beugte sich unverzüglich zu dem Lächeln, das überlebt hatte, und küsste es.

Eine zwanzigjährige Nichte, die bei ihm in der Schulstraße manchmal nach dem Rechten sah, nachdem er einen Herzanfall erlitten hatte, dieser schlanke und gar nicht alte Mann, nahm zwei Blätter von seinem Schreibtisch zur Hand, als er gestorben war, und wunderte sich sehr. Sie sah, dass es eine Art Wegbeschreibung zu seinem Sommerhaus war, in einer unbekannten, feinen Schrift, die eine Frauenschrift sein musste. Die Nichte war intelligent und sentimental nach Art junger Leute, und sie sah gleich, dass diese Blätter ihrem Onkel viel bedeutet haben mussten. Sie legte sie ihm deswegen in den Sarg, ohne jemanden um Erlaubnis zu bitten. Erst dachte sie daran, sie zu fotokopieren oder abzuschreiben, aber sie hörte auf eine innere Stimme, die ihr davon abriet, und sie unterließ es.

WEGBESCHREIBUNG
zu einem Sommerhaus mit hellblauem Dach,
kurz hinter dem Wasserfall mit dem Felsenloch.

Es wird kein Wölkchen am Himmel sein, keine einzige Wolke gemäß der Wettervorhersage, wenn Du, meine Freundin aus alter Zeit, in Deinem Sportwagen am sagaträchtigen Hang entlang auf den Spuren der Vorzeithelden fährst. Du bist dort sicher öfter gewesen, aber wohl nicht ganz bis zum Sommerhaus gefahren. Ich habe es die ganze Zeit über, die ich im Ausland verbrachte, behalten, war aber nur ganz selten dort. Es ist nicht verfallen, denn Verwandte von mir haben sich darum gekümmert und durften es im Gegenzug nutzen. Ach, das gehört nicht zur Sache.

Wirf einen Blick auf die Kirche von Breiðabólsstaður, aber achte auf die unbefestigten Straßenränder. Sie ist eine von dreien in Island in dieser Zentralbauform, und rings herum sind schöne Grabstätten. Dort liegt meine Großmutter begraben – mit Blick auf den Eyjafjallajökull, wie er von Jónsson gemalt wurde –, der Gletscher, den Halldór Laxness bestiegen hat, damit daraus der letzte Gang des Dichters in Weltlicht werden konnte, und die Erkenntnis: Dort herrscht allein die Schönheit.
Aus dem Dachfenster meines Hauses wirkt dieser Zauberberg Islands etwas roher und begrenzter als von Breiðabólsstaður aus. Aber nicht weniger interessant, wie Du selber feststellen wirst.
Die Straße am Hang entlang führt an den geheimnisvollen Weiten von Þríhyrningur entlang, der mal zu sehen ist und mal nicht. Die Bauern aus der Saga vom weisen Njáll preschten ständig um den Berg herum, um dort zu kämpfen oder einander aufzulauern. Achte auch hier wieder auf die Straßenränder und die Durchlässe mit den Wellstahlrohren, wo sich die Straße verengt.
Du kommst an Kirkjulækjarkot vorbei, wo die Pfingstgemeinde aus dem Buch der Bücher liest und Zähneknirschen am Ort des Bösen verkündet, und die Kinder im Sommerlager lauschen mit klappernden Zähnen. Genau das tat ich auch.
Ich bin mir sicher, dass Du den langen Hang so schön finden wirst wie Gunnar, der Held aus dieser Saga, der zur Jahreszeit der fahlen Felder dorthin zurückkehrte, zu seinem Hof Hlíðarendi am Ende des Hangs, und ich hoffe, Du wirst ebenfalls wieder und immer wieder dorthin zurückfinden.
Vom Wasserfall mit dem Felsenloch und dem kleinen Hain aus ist es gar nicht mehr weit. Am Tor zur Auffahrt steht «Glückshang», meine Mutter wollte es so haben. Das Tor ist hellblau wie das Dach des Hauses, und wegen der Bäume kannst Du nur das Dach sehen. Sie gehören zu den beiden Sommerhäusern nebenan. Meine Familie hat keine Bäume gepflanzt, wir leben im Windschatten derer, die andere gepflanzt haben.

Allein auf der Welt, umgeben von Landschaft, ohne sie durch die dichten Birken hindurch zu sehen, ohne Häuser oder Menschen zu sehen, hingegen werden wir Vögel und Maivögel sehen, und aus dem Plätschern des Bachs das allumfassende Rauschen heraushören, während wir den ersten Kaffee am Morgen trinken; und die Wettervorhersage stimmt, kein Wölkchen am Himmel.